사랑의 방적식

사랑의 방정식

이강래 편저

문지사

머리말

이 세상의 모든 것은 다 모방하고 위조할 수 있지만 사랑만은 그렇게 할 수가 없다. 사랑이란 훔칠 수도, 위조할 수도 없는 투명한 공기와 같다.

사랑이란 자신을 완전히 이해할 줄 아는 마음 속에서만 살아있다. 그러한 마음은 모든 예술을 창작할 수 있는 원칙이기도 하다. 대다수의 사람들은 자신의 삶을 신용과 믿음, 사랑으로서 영위하려 하지 않고 돈과 상품으로 지불하려고 한다.

삶은 오직 사랑을 통해서만 의미를 지니게 되는 운명적인 것이다. 이를테면 더욱 더 사랑을 하고 자신과 타인을 위해 헌신할 마음을 지니고 있다면, 우리의 삶은 그만큼 의미가 깊어질 것이다. 그러므로 우리의 삶이란 사랑 없이는 아무런 가치도 부여할 수 없다.

사랑이란 슬픔 속에서도 의연해지고 미소지을 수 있는 능력을 말한다. 자기 자신에 대한 끊임없는 사랑, 자기 운명에 대한 헌신적인 사랑, 사랑을 통해 아직은 볼 수가 없고 이해할 수 없는 경우일지라도 신비한 것이 우리에게 요구하고 계획하고 있는 것, 충심으로 동의하는 것, 이것이 바로 우리의 인생 목표이며 삶의 실체인 것이다.

주는 것이 받는 것보다 행복하고, 사랑하는 것이 사랑 받는 것보다 아름다우며, 우리를 행복하게 해준다.

목차

당신을 사랑했습니다

-푸쉬킨

당신을 사랑했습니다.
그 사랑은 아직도
내 마음 속에서 불타고 있습니다.

하지만 내 사랑으로 하여
더 이상 당신을 괴롭히지는 않겠습니다.
슬퍼하는 당신의 모습을
절대 보고 싶지 않으니까요.

말없이
그리고 희망도 없이
당신을 사랑했습니다.

때로는 두려워서
때로는 질투심에 괴로워하며
오로지 당신을 깊이 사랑했습니다.

부디 다른 사람도
나처럼 당신을 사랑하길 기도하겠습니다.

1

사랑의 첫걸음

1
사랑이 싹틀 무렵

　나는 대학을 졸업한 후 프랑스의 리옹이라는 아름다운 도시
에 잠시 머무른 적이 있습니다. 파랗고 차가운 로느 강이 도시의
한복판을 흐르고, 대낮에는 고색의 지붕 너머로 교회의 종소리가
은은히 들려왔고, 천 년 눈 쌓인 알프스의 산봉우리들이 마치
톱날처럼 하얗게 보이는 그림 같은 곳이었습니다.
　그 당시에만 하여도 동양인은 거의 살고 있지 않았기 때문에,
나는 이곳 주민의 정겨운 집에서 하숙을 하고 있었습니다.
　그 하숙집 아래층에는 젊은 미망인이 쟈크라는 14살짜리
아들, 그리고 마드레느라는 10살짜리 딸과 함께 살고 있었는데,
아주머니는 이 집의 관리인으로 돌보고 있었습니다.
　어느 날 나는 연수를 받고 있는 대학에 가기 전에 언제나처럼

우편물을 보관하고 있는 그 아주머니의 방에 갔더니, 그녀가 아들 쟉크에게 무엇인가 열심히 이야기하고 있었습니다.

"쟉크야, 얼마 안 있으면 너도 어른이 될 거란다. 그럼 여자 아이와 사귀게 되겠지. 그런데, 어떻게 해야 하는 것인지 알고는 있니?"

"몰라, 나 그런 거……"

"쟉크, 그런 때는 말야. 네가 엄마나 동생 마드레느에게도 해서는 안 되는 말이 있지 않겠니? 그런 말은 여자 친구에게도 해서는 안 되는 거야. 그런 것만 주의하면 여자 친구하고 마음껏 놀아도 돼."

이것은 어느 가정에서도 들을 수 있는 모자간의 다정한 대화입니다. 그렇지만, 나는 그 장면에 몹시 감동하였습니다.

학교로 가기 위해 로느 강변을 걸어가면서 나는 그 정다운 생각에 사로잡혔습니다.

주위는 초가을로 바뀌면서 마로니에의 황금빛 낙엽이 한 잎 두 잎 가볍게 길 위에 떨어져 내렸습니다. 한순간 내 어린 시절이 떠올랐습니다.

'나의 어머니가 그러한 이야기를 말해 주신 적이 있었던가. 이성과 교제할 때의 태도나 마음가짐을 부모님들이 가르쳐 주신 적이 있었나?'

하고, 말입니다.

프랑스의 하층 계급에 속한 젊은 아주머니까지도 자기의 자식이 여자에게 예의에 어긋나는 행동을 할까 봐 그토록 신경을 쓰고 있는데, 나는 그러한 에티켓 교육을 한 번도 받아 본 기억이 없었던 것입니다.

어느 가정의 부모님께서는 그 같은 말씀을 해 주시는 분도 계시겠지만, 대부분의 부모님들은 자녀들과 대화의 기회조차 가지려 하지 않는 것이 보통입니다. 아니면 그런 기회를 피하고 계시는지도 알 수 없습니다.

젊은 여성분들은 남자 친구와 사귈 때 다음과 같은 일면목을 엿볼 수 있을 것입니다.

인생의 텃밭에 피는 사랑이라는 꽃

K군은 어느 한 곳 나무랄 데 없는 청년이지만, 함께 있으면 어딘지 모르게 피곤함을 느끼게 합니다. 또한 K군은 나쁜 성격의 소유자는 아니지만, 여자 친구와 어울릴 때면 언제나 잘난 체하는 모습을 볼 수 있습니다.

여러분들 중에도 첫 데이트 때 상대방에게 호감을 사기 위해 지나치게 행동한 기억은 없습니까? 내가 그러한 젊은이를 폄하하거나 기피한다는 뜻이 아닙니다. 그렇지만, 전통적 생활, 엄격한 가정 교육에 젖어 있는 동양의 젊은이들은 아직도 이성을 다루는 솜씨가 서툴다고 할 수 있습니다.

그것은 어릴 때부터 사교의 에티켓을 배우지 못한 탓입니다. 여성을 다룬다는 말 자체가 모순된 표현이기는 하지만, 여성과 교제를 할 때 분위기를 보다 자연스럽게 이끌어 가며 상대방을 즐겁게 해 주는 예의가 결핍되어 있는 것은 사실입니다. 그러니까 여자 앞에 나서면 그들은 공연히 자세가 뻣뻣해지고, 심각한 표정을 짓기도 하고, 괜히 잘난 체해 보이는 것입니다.

작은 모임 같은 장소에서 그런 광경을 보는 것은 어렵지 않습니다. 남자들 뿐만이 아니라 오히려 여성 쪽에서 다른 사람이 피곤해질 정도로 분위기가 무거워지고 더 이상 그 자리에 머물러 있을 수 없게 만드는 여성도 있다는 것입니다.

남성과 생전 처음 만난 자리에서 홍당무가 되는 여성이 요즈음에는 없을 것입니다. 그 대신 남성을 지나치게 경계하거나, 아니면 반대로 적극적으로 어필해 오는 여성도 있습니다.

이야기가 좀 빗나갔습니다만, 어쨌든 지금의 젊은 남녀들은 이성을 바라보는 눈빛이라든가, 태도, 이성관을 올바르게 정립하는 힘이 아직도 부족한 것 같다는 생각이 듭니다.

한편 옛날과는 달리 요즘 젊은 남녀들은 이성과 만날 수 있는 기회가 얼마든지 주어져 있는 것도 사실이지만, 그래도 세련되어 있지 않음을 깨달아야 할 것입니다.

그런데 잠깐 만났다가 헤어지는 파티 석상에서의 교제라면 또 모를까, 막상 본격적인 연애 단계로 접어들게 될 때는 여러 가지 비극의 원인이 될 수도 있다는 것을 인지해야 합니다.

한 예를 들어보겠습니다. 청춘인 당신들은 각자 꿈의 세계를 갖고 있을 것입니다. 언젠가는 자기에게 사랑을 고백해 올 상대에 대해서 환상에 가깝도록 이것저것을 그려보고 계실 것입니다.

언제인가 나의 강의를 듣고 있는 한 여학생에게

"지금 무엇을 생각하고 있는 거지?"

하고, 물은 적이 있었습니다.

그러자, 그녀는 얼굴을 약간 붉히며, 천진스러운 음성으로

"어떤 연인이 나타나 줄 것인가? 그런 걸 생각해보고 있었지요."

라고 정직하게 대답해 주었습니다.

이 대답은 결코 부끄러운 것이 아닙니다. 조금만 용기와 솔직함이 있으면 어떤 여성이라도 같은 대답을 했을 것입니다. 그 꿈이 멋있고 아름다울수록 당신들의 연애도 멋질 테니까 되도록 아름다운 꿈을 가지시기 바랍니다.

그렇지만, '그 꿈이 멋있고 아름답기만 하면 뭘해, 언젠가는 그것이 허무하고 비현실적인 것이 되어 버릴걸.' 하고 미리부터 겁을 낼 필요는 없습니다.

사랑의 모습

'영화 〈닥터 지바고〉에 등장하는 남자 주인공 의사 지바고(오마 샤리프)의 남성다움에 정신을 잃는다. 그렇게 되면 상상 속에서 그리는 남성상도 샤리프와 비슷한 모습으로 바뀐다. 소설을 읽는다. 그 소설에 등장하는 멋있는 주인공, 예를 들어 〈바람과 함께 사라지다〉의 주인공 렛트 버틀러(클라크 케이블)처럼 듬직한 그런 젊은이가 언젠가는 나의 앞에도 나타날 것 같은 기분이 든다.'

이러한 여러 유형의 남성들의 좋은 점만을 겹쳐놓고 이상의 남성상을 마음속에서 만들어 가십시오. 그러한 자신만의 세

계, 즉 꿈을 갖는다는 것은 자기의 삶을 가꾸는 요소가 되지 않을까요. 당신이 꿈꾸고 있는 이상의 남성과 상상의 세계에서 교제하는 것은 부끄러움이 아닙니다.

그렇지만, 그러한 이상적인 남성상을 정립한다는 것은 '남성을 안다'는 것과는 전혀 의미가 다릅니다.

어느 날 한 젊은이가 당신에게 사랑을 고백해 왔다고 합시다. 지금까지 이런 날을 기다리며 살아왔으므로 상대방이 그다지 마음에 안 들어도 얼마만큼은 호감을 갖게 될 것입니다.

'여성은 자기가 싫어하는 남성이 사랑을 고백해 왔을 때는 냉정하게 거절하지만, 그다지 싫지 않은 남성에 대해서는 이상하게도 점차 호감을 가진다.'

그렇다면, 그다지 싫지 않은 남성에 대해 어째서 호감을 갖게 되는가를 말씀드리면, 처음에는 그럴 생각이 없었는데 점차 그 남자를 미화해서 생각하게 된다는 것입니다.

지금까지 상상 속에서 그려 온 몽상의 남성을 현실의 그와 비교하여 다소 기대에 못 미치면 멋대로 자기 사람처럼 형상화시켜서 그의 눈빛과 표정을 오마 샤리프처럼 생각해보기도 하고 아니면 그의 좀 거친 듯한 성격을 건장한 남성상인 양, 말하자면 진정한 그의 모습이 아니라, 당신이 미화해서 만든 그의 영상에 초점을 맞추어서 생각하게 된다는 것입니다.

'내가 왜 저런 사람을……' 하던 마음이 '그 사람 정말 멋있어!'라고 생각하게 되는 것입니다. 그렇지만, 이런 자기의 결정에 도취가 너무 강하면 위험합니다. 무엇보다 연애에 익숙해지면 차츰 재미가 없어지고 지루해지는 속성이 있습니다.

한 걸음 더 나아가 그처럼 미화시켜서 생각했던 그의 모습이 뜻밖에도 초라한 꼴로 변모하여 보일 때가 도래하기 시작합니다.

지금까지는 남성다운 건강한 사람이라고 생각해 오던 그의 성격이 사실은 거칠고 자기 중심적으로 보인다든가, 지금까지는 오마 샤리프처럼 상상했던 그가 응석받이고 비 남성적인 청년임을 알게 되었을 때, 그에 대한 기대가 지나치게 강했기 때문에 환멸감도 클 수밖에 없습니다.

하지만 이 입장을 바꾸어서, 만일 상대방 청년이 당신을 세기의 명배우 그레이스 케리처럼 고귀한 여성으로 보거나 〈좁은 문〉의 주인공 아리사처럼 청순한 마음씨의 여성으로 생각하고 있다면 어떻겠습니까?

필경 당신은 막연한 불안감에 빠질 것입니다.

'난 그처럼 훌륭한 여자가 아니에요. 그저 평범한 여자에 지나지 않단 말예요.'

그렇지만, 당신은 사랑하는 그 사람을 환멸에 빠뜨릴 수는 없을 것입니다. 또한 실망시키고 싶지 않다는 바램도 있을 것입니다. 당신은 어떻게 해서든지 그의 꿈, 그가 미화하고 있는 영상에 알맞게 처신할 수밖에 없겠지요. 그러나, 자신은 남처럼 장점과 단점을 모두 갖고 있는데, 그의 앞에서는 청순한 여인처럼 행동해야 하는 괴로움을 사랑의 숙제로 삼아야 할 것입니다.

그러는 가운데 언젠가 당신은 피곤함에 지쳐 있는 자신의 모습을 발견하고 그와 함께 있는 시간을 줄인 채 혼자 있기를 갈망하게 될 것입니다. 그러한 연애에 흔히 찾아오는 비극을 막아내는 방법은 무엇일까요? 여러분 자신이 생각해 볼 일이지만, 두 가지 방법을 조언해 보겠습니다.

사랑의 두 얼굴

1. 우선 연애를 즐기지 말고 진정으로 연인을 사랑해 보라고 말씀드리면 골치 아프게 생각할지 모르겠습니다만, 젊은 여성들 중에는 시작부터 연애의 분위기나 그 멋에만 도취하는 사람이 많기 때문입니다.

'나도 언젠가는 한번 환상적인 연애를 해 보고 싶다.'

그러한 기대가 부풀면 연애를 맹목적으로 하게 됩니다. 진정으로 사랑할 수 있는 상대방을 선택할 생각을 멀리하고 사랑을 고백해 온 청년에게 기다렸다는 듯이 열중에 버리게 되는 경우. 그녀가 사랑하게 되는 것은 그 젊은이보다도 연애 그 자체라는 것을 잊어서는 안 됩니다.

2. 남성을 바르게 보는 현명한 눈을 키워 가시기 바랍니다. 상대방을 지나치게 미화하거나 도취되는 것은, 남성에 대한 안목이 부족한 탓입니다. 처음에도 지적하였지만, 여러분은 아직 이성을 간파하는 힘이 모자랍니다.

그래서 필요 이상으로 표정이 굳어지기도 하고, 지나치게 상대방을 경계하는가 하면, 그 반대로 필요 이상으로 애교를 부리기도 합니다.

그렇지 않으려면 다양한 젊은이들과 폭넓게 사귀면서 그들이 지니고 있는 인성을 잘 관찰해보는 것도 좋은 방법이 될 것입니다. 그럴 경우 이 중에서 연인을 선택해야지 하는 조급한 생각은 갖지 마시기 바랍니다.

그 선택적 방법으로는 학교나 직장 안에서 또는 써클이나 그룹 활동을 통해 남성과 여성이 자연스럽게 자리를 함께 하는 장소에서 남성의 심리 생태를 관찰해 가는 것도 좋겠지요. 그러는 가운데 남성을 보는 눈이 열리게 되는 것입니다.

그렇게 자기 숙련 과정을 통해 연인을 만나게 되더라도 상대방을 필요 이상으로 미화하거나 도취해 가는 어리석음은 범하지 않을 줄 압니다.

물론 연애는 도취되지 않으면 이루어질 수 없는 숙명 같은 인연의 묶임이지만, 그러나, 그 도취를 억제하는 지혜가 두 사람의 사랑을 지속해 갈 수 있는 열쇠라는 것을 잊어서는 안 됩니다.

2 / 사랑의 예비 단계

첫사랑이란 말에서 여러분은 무엇을 연상하십니까?

직장 동료들과 대화를 나누는 가운데 후배의 이야기가 화제가 되었을 때 "그 친구 요즘 연애에 빠져 정신을 못 차리고 있어!"라고 말하면 모두 관심을 나타냅니다. 첫사랑에 빠져 있는 후배를 비웃는 것이 아니라, 첫사랑이라는 말이 어딘지 모르게 특별한 인상을 갖게 하기 때문입니다.

유행가나 팝송의 가사를 떠올려 보십시오. 첫사랑은 아직 떫은 것, 꿈 같은 분위기를 자아내는 환상적인 것, 슬프고 짜릿한 감동이 서려 있는 가장 초보적인 사랑의 단계가 아닐까요.

첫사랑이 그처럼 몽상적인 것이라면, 여기서 새삼 문제 삼을 필요는 없겠지요. 결론부터 말씀드리자면 첫사랑이란 보슬비같이 가볍고 청순하여 금세 지워지고 마는 것이 아니라는 점입니다.

최초의 연애가 인생의 방향을 결정지어 버리기도 하고, 그렇게까지는 아니더라도 그 사람의 이성관이나 연애관에 지울 수 없는 흔적을 남겨놓기도 합니다. 첫사랑을 보슬비처럼 가볍게 지나가는 일시적인 것이라고 생각하는 것은 위험한 발상입니다.

무엇보다도 한편으로는 바람직하지 못한 돌연변이 현상이 우리들의 주변으로 전염병처럼 감염되고 있습니다. 요즈음 젊은이들은,

"첫사랑이란 정말 있는 것입니까? 저희들은 그런 것을 못 느끼겠는데요."

라고, 잘라 말하는 이들이 있습니다. 그 말의 뜻을 어떻게 받아들여야 하는 것인지 이해하기 어려우나 젊은 청년들에게 있을 수 있는 심적 변화라고 하더라도 확실히 요즘은 첫사랑의 의미가 상실되어 가고 있는 것은 분명합니다.

젊은 남녀의 교제가 전처럼 속박받는 것도 아니고 비교적 활발해진 것은 참으로 좋은 현상이지만, 그것이 자칫하면 신선미가 없어지고 즐거움이나 감동의 농도가 엷어질 우려가 있는 것 또한 사실입니다.

옛날 사람들은 요즈음처럼 이성을 사귈 기회가 별로 없었으므로 첫사랑에 대한 인상이 언제까지라도 지워지지가 않는 여운이 남아있습니다.

그것이 먼 훗날 아름다운 추억이 되어 연인과 속삭이든 그때의 말 한마디나 행동조차도 뜨거운 설레임으로 밀물지어 오는 것을

경험하기도 합니다. 그러나 요즈음은 그렇지가 않은 것 같은 느낌입니다.

한편에서는 첫사랑을 정당한 연애로 취급하지 않고 뭔가 철 없는 미숙하고 어린애다운 것, 언젠가는 솜사탕처럼 녹아 없어지는 것, 앞으로 찾아올 연애를 위한 준비 단계 같은 것이라고 생각하는 경향이 더 짙은 것 같습니다.

이러한 순수함을 상실한 경향은 가슴 두근거리게 하는 감동이나 기쁨을 첫사랑으로부터 앗아가 버리는 슬픈 풍조라고 보아야겠지요.

그렇다면 우리들이 어째서 첫사랑을 연애의 예비 단계처럼 생각하거나 처음부터 성공할 수 없는 것이라고 단념하게 되는 것은 무슨 이유에서일까요?

사랑을 주제로 한 소설이나 영화를 보면 마치 첫사랑이란 실패하는 것, 실패하기 때문에 아름다운 것이라고 단정 지어놓고 이야기가 전개되는 것 아닌가 하는 감상적인 관점에서 첫사랑을 본다는 것은 매우 부당한 일입니다.

그야 첫사랑은 운명적으로 서툴고 순진해서 실패하기 쉬운 남녀관계입니다. 그렇다고 반드시 그렇게 될 것이라는 공식은 없는 것 아닐까요. 오히려 그 같은 아름다운 첫사랑을 통해 일생동안 함께 할 수만 있다면 얼마나 행복된 일이겠습니까.

그것은 사랑하는 사람들이 지혜와 용기로 그 아름다운 사슬을 이어갈 수도 있다는 것을 말하고 싶습니다. 당신들 가운데 어떤 분도, '이루어질 수 없는 아름다운 사랑'을 바라며 처음부터

한 남자를 사랑하는 여성은 없을 것입니다.

어떤 사람을 사랑하고 있을 때, 그것이 첫사랑이라면 어떠한 역경에 놓이더라도 그것을 지키려고 할 것입니다. 사람이 인생에 눈을 뜨게 되는 것은 사랑을 알고부터입니다. 사랑은 기쁨과 괴로움을 동시에 맛보아야 하는 과정이니까요.

그러니만큼 사랑이 진실된 것이라면 그것이 비극으로 끝났을 때 배신당한 절망이나 고통은 육체의 어떤 아픔보다도 쓰라린 것입니다. 첫사랑이 깨졌을 때 그 상처가 아물어 다시 재기하기까지는 마치 대수술을 받은 뒤, 오랫동안 요양 생활을 해야 하는 중환자처럼 인내가 필요한 것입니다.

때로는 일생 동안 걸려서도 그 상처를 치유할 수 없는 사랑도 있다는 걸 잊어서는 안 됩니다. 우리들은 첫사랑이 되도록 잘 진행되어 실연의 아픔에 몸부림치지 않도록 해야 합니다. 첫사랑이란 보슬비나 싸락눈이 아니고 연애의 준비 체조도 아니라는 점을 명심하시기 바랍니다.

3 / 첫사랑

　지난 어느 날. 젊은 동료 작가의 권유로 그의 여동생과 그녀 친구들과 함께 바닷가로 여행을 갔었습니다.

　초겨울의 여린 태양 빛이 바다에 떠 있는 해변을 거닐며 갈색 조개껍질을 줍기도 하고 귤밭으로 둘러싸인 언덕길을 누비기도 하며 오래간만에 한가한 기분에 젖어 보았습니다.

　그날 밤은 친구의 친척이 경영하는 모텔에서 하룻밤을 보내게 되었습니다. 저녁 식사가 끝난 뒤 모두 모여 카드놀이를 즐기며 놀다가 친구와 함께 목욕을 하고 나오니까, 이미 목욕을 끝낸 세 여자는 화기애애하게 연애론에 꽃을 피우고 있었습니다

　그 대화를 우리 두 사람은 재미있게 들었습니다만, 여러분들도 잠시 이들 대화에 끼어들지 않으시겠습니까?

이유 없는 외로움

A양 : 우리들은 참 묘한 세대야. 말하자면… 뭐라고 표현해야 할까, 불안정하고 엉거주춤하면서도 어정쩡한 기분 뭐, 그런 거 있잖아.

B양 : 맞아. 우리의 마음속을 통과하는 한 줄기의 바람 같은 거, 난 그런 걸 느껴.

남자 : 야, 그거 멋진 표현인데. 그 한 줄기의 바람이란, 도대체 어떤 바람이지?

B양 : 나나 A양도 여학생 아니네요. 우린 대학에서 공부할 수 있는 신분이지만 강의실이나 학교, 어디에서도 마음을 붙일 수가 없어요. 대체 나는 무엇 때문에 공부를 하고 있는 걸까, 정말 공부는 꼭 해야 하는 걸까. 그런저런 의문이 쉴새없이 마음에 혼란을 가져오지 뭐예요.

A양 : 그럴 때는 남학생들이 부러워요. 지금 자기들이 하고 있는 공부가 장래와 결부되어 있다는 절박감 아니겠어요?

남자 : 아니, 그러면 그대들은 학교를 목적없이 다니고 있다는 자기 비하의 말이 아닌가.

A양 : 반드시 그렇다는 건 아니지만, 말하자면 시집 가기 위한 간판 따기라고 세상에선 우리들을 그렇게 비꼬아서 말하고 있잖아요. 그렇다고 화낼 수도 없는 처지이구요. 사실 그런 생각이 안 드는 것도 아니니까요. 이제 스무 살이 넘으니까 이유없이 마음이 불안해요. 학교에서도 집에서도 안정이 안 되고 붕 떠 있는 그런 상태거든요.

C양(무역회사 근무) : 그건 사회에 나와서도 마찬가진 걸, 어쩌면 내가 더 그럴는지 몰라. 남자 직원이 입버릇처럼 하는 말이 있지. 왜. '여자들은 직장 생활을 하면서 남자들보다 대우가 안 좋다고 불평이지만, 남자들은 자신의 목숨을 걸고 있는 형편이잖아. 그렇지만, 여자는 시집 가기 전까지의 임시 정거장에 지나지 않다고.'라고 말야.

B양 : 그 말은 좀 너무 했다. 하지만, 아니라고도 할 수 없지.

C양 : 응, 그 말에 어폐가 있기는 하지만, 곰곰이 생각해 보면 수긍이 가고도 남아. 너희들이 학교 생활에 마음 붙이지 못하는 거 이해돼.

남자 : 그럼 너희들은 풍선 같은 존재란 말인가? 그런데, 집에서까지도 마음을 붙일 수가 없다니 그건 잘 모르겠는데, 자기 상실감 아닐까?

A양 : 요즘은 집이 우리 집 같은 생각이 안 들어요. 언젠가는 나가야 하는 곳, 어쩌면 내년이 될지도 모른다는 막연함…….

B양 : 어쩌면, 내일이 될지도 모르잖아.

C양 : 연인이 생기는 그날까지겠지. 우리들이 집에 있을 수 있는 시간이란 말야.

남자 : 나는 불안감을 전혀 느끼지 못하는데.

A양 : 그러니까 우리를 좀 동정해 줘요. 우리들은 가정에만 얽매여 있어야 하는 소녀가 아니거든요. 잠시 집을 떠나 있어도 불안한 상태라구요.

연인을 기다리는 마음

남자 : 그럼 풍선처럼 떠 있는 마음을 접고 새로운 뿌리와 질서를 찾아 나서면 되잖아. 말하자면, 좋은 사람을 만나 결혼을 해서 어머니가 되는 그런 질서와 뿌리 말야.

A양 : 어머, 그게 그렇게 간단한 일인가요? 왜 남자란 저렇게 단순한 지 몰라.

남자 : 어째서 연인을 만들지 못하는 거지. 자신이 없는 건가?

C양 : 그게 아네요. 사실을 말하면, 우리들은 매일 연인이 나타나기를 마음속으로 간절히 기다리고 있거든요. 그러면서도 막상 나타나면 어쩌나 하는 막연한 두려움도 갖고 있고요.

A양 : 동감이야.

남자 : 그러니까, 기존의 질서에 적응하지 못하면서, 다른 새 질서에 적응해 가는 것도 두렵다 이건가?

B양 : 글쎄, 앞으로의 세계는 어느 누구도 예측할 수 없는 거 아녜요. 두려운 생각이 드는 건 당연하잖아요.

남자 : 그러니까, 너희들은 연애하기 이전에 자기 나름대로 상상 속의 연인과 혼자 연애를 하고 있는 거라구. 그 상대가 오마 샤리프이기도 하고, 배용준이거나 소설 속에 나오는 멋진 남성 가운데 어느 하나이기도 한 대상에 열중하고 있는 거야.

C양 : 맞아요. 그것이 연애의 트레이닝일까요?

B양 : 그것이 실제로 연애하는 데 도움이 되지 않을까?

나는 이쯤해서 그들의 대화 내용을 소개하는 일을 잠시

중단하고 나 나름대로의 감상을 피력하고자 합니다. B양이 '그것이 연애하는 데 도움이 되지 않을까?'라고 묻고 있는데, 그것은 매우 좋은 질문입니다. 위의 대화를 정리해 보면 다음과 같은 결론을 내릴 수 있습니다.

첫째, 처녀 시절이라는 것은 두 가지의 질서, 즉 지금까지(가정 생활) 질서와 이제부터 겪게 되는 연애나 결혼이라는 새로운 미래의 질서 사이에서 그 어디에도 마음을 붙일 수 없고 뿌리를 내릴 수 없는 연령입니다.

둘째, 당신들은 이 뿌리 없는 상태에서 불안을 느끼고 있는 동안은 어떤 방법으로 사랑을 모색할 수 있는 잠복기입니다. 연인이 나타나기까지 상상속의 남성과 연애하면서 그 기분에 젖어보는 것도 좋은 방법이겠지요.

C양이 말한 것처럼 당신들도 '연인이 나타나기를 매일 마음 속에서 기다리고 있다.'라고 하는 사실에 공감하지 않았습니까. 그러한 불안정한 심리나 연인의 출현을 기다리고 있는 기분은 과연 처녀다운 아름다운 모습입니다.

그러나, 어딘지 모르게 위험스러운 면이 엿보이기도 합니다. 그 위험 요소들을 정리해 보겠습니다.

첫째, 자기를 처음 사랑한 남성에게는 마음을 쉽게 준다.

둘째, 그를 완전한 남성으로 생각하기 쉽다.

첫째 연인의 출현을 날마다 기다리는 당신은 '연애, 그 자체'를 연애하기 때문에 판단의 여유가 없습니다. 그 남성보다 그가 속삭이는 사랑의 말들, 그 달콤한 밀어에 그만 정신이 혼미해 버리는 것입니다.

그런 경우 당신은 면역력이 없는 육체와 같습니다. 저항력이 없는 무방비 상태입니다. 상대방 남성에 대해서 좀 더 알아보고 나서 그가 진실로 당신이 사랑할 만한 가치가 있는 인물인가를 알기도 전에 당신의 마음은 그에게로 기울어져 버리기 쉽다는 말입니다.

앞에서 설명한 둘째는 첫째보다 더 위험합니다. 이미 상대방 남성에게 기울어진 당신은 지금까지 마음속으로 그려 온 완전한 남성의 상징으로 수식해서 생각하게 됩니다. 이것이 연애하는 데 있어서 얼마나 위태로운 일인가는 이미 지적한 바 있습니다. 그러한 위험을 세 여성의 대화에서 정리해 볼 수 있는 것이 적절한 판단을 가져다주었을 것입니다. 그러면 중단한 그 여성들의 대화를 더 들어볼까요.

사랑의 잠복기

A양 : 그렇다면 그 위험에서 벗어나려면 어떻게 하는 것이 좋지?

B양 : 그게 뭐, 공식이 있는 거냐? 우리 스스로가 면역체를 만들어 갈 수밖에.

C양 : 그야 그렇지만, 최초의 연애에서 자기의 존재감을 잃지 않고 불륜에 빠지지 않게 하는 방법도 있을 거야. 흔히들 첫사랑은 깨지기 쉽다고 생각하는 건 잘못이야. 난 말야, 최초의 연애처럼 여성의 삶에 큰 영향을 주는 건 또 없다고 생각하는

편이야. 그러니까 첫사랑이란 자신의 목숨만큼 소중하다는 거지. 깨지면 절대로 안 되는 거라구.

B양 : 동감이야. 그러기 위해선 남성을 정확히 꿰뚫어 볼 수 있는 눈을 길러야 하겠지.

남자 : 그거야 너희들이 많은 남성을 친구로 삼아서 교제해 봐. 연애하겠다는 생각은 조금도 가지지 말고 말야. 그러기 위해서는 너희들이 지금 다니는 학교, 서클 활동은 졸업 후에 직장 생활을 하면서 그들을 알 수 있는 좋은 기회가 아닐까?

A양 : 그런 거 모르는 건 아니지만, 그게 힘들다구요.

남자 : 글쎄 한 남자만 만나라는 게 아니라니까. 보다 많은 남성과 여성이 모임이나 서클을 통해서 공동으로 교제를 나누어 봐. 그 공동의 만남과 교제는 타인에게서 오해받을 필요도 없는 거니까 마음껏 즐겨 봐. 이러한 사교 방법은 남성을 알게 되는 가장 좋은 기회가 될 것야. 하지만 연애라는 것은 집이나 땅을 사고파는 것처럼 단순한 일이 아닌 숭고한 삶의 도박이라고도 할 수 있는 관계야. 그러니까 제대로 포착했다고 생각하면 결단력있게 밀고 나가는 용기가 필요해. 그래야 실수가 없는 거라구. 알겠어, 이 철없는 아가씨들아!

4 / 순결

지난날 우리는 혹독한 전쟁을 겪었습니다. 북의 남침으로 서울 거리는 온통 불바다가 되었습니다. 다음 날 아침, 나는 학교가 궁금하여 폐허가 되다시피 한 거리를 걸어야 했습니다.

길바닥에는 인간의 형태를 한 시꺼먼 숯덩이가 여기저기 뒹굴고 있었습니다. 그 속에서 나는 젊은 여자의 시체를 보았습니다. 바지를 입은 그녀는 목을 옆으로 하고 건물 벽에 기대어 엎어져 있었습니다.

그 당시에 나는 죽음에 대한 감각이 매우 둔했다고 생각되어집니다. 왜냐하면, 죽은 사람을 직접 보고도 특별히 비참하다던가 슬픔 같은 감정을 느끼지 못하였으니까요.

그때 내 나이는 지금의 당신들 연령이었습니다. 나는 학생

신분이었습니다만, 언제 전장으로 끌려갈지 예측할 수 없는 암울한 시기였습니다. 그러므로 죽음의 그림자가 이미 우리들 주변에 스며들고 있었다고나 할까요.

거리의 상점들은 문을 무겁게 닫아 건 채 비어 있었고, 필요한 가재를 정리하여 짊어진 피난 행렬이 낮동안 끊이지 않았으며, 밤이면 화염에 휩싸인 검은 불기둥이 솟아오르면서 포성이 도시를 뒤흔들었습니다.

이제 겨우 20세 안팎의 청년으로서 아름다운 것, 가슴을 설레이게 하는 황홀한 것은 어디에서도 찾아볼 수 없는 암울한 나날이었답니다. 이러한 절박한 상황 속에서 젊은 여자의 시체를 지나치면서 나는 순간적으로 '살고 싶다!'라고 생각했습니다.

왜 그러한 절박한 감정이 가슴에 와 부딪쳤는지는 지금도 알 수 없습니다. 그런 감정이 그 후에도 나의 마음 밑바닥에 항상 깔려 있어 가끔씩 그때의 화약 냄새 같은 감정을 되씹어 보는 아픔을 기억해봅니다.

'다른 시체에선 그런 감정이 일지 않았었는데, 왜 그 젊은 여성의 시체에서만 그 같은 살고자 하는 욕망이 솟구쳤던 것일까?'

〈순결〉이란 제목과 이 이야기와는 거리가 먼 것이 아닌가 생각하시겠지만, 그 전쟁 중에 겪었던 일들을 배경으로 삼고 이 문제를 해결해 보고자 해서입니다.

여러분은 전쟁을 체험하지 못한 세대이기 때문에 그 같은 극한 상황을 다만, 지난날의 슬픈 이야기로 저항없이 생각하실 것입니다. 지난 세대가 어찌되었던 요즘 젊은이들 중에는 '그 같은 심약하고 불분명한 마음가짐으로는 여성에게 접근할 수 없다.'라고 말하는 사람도 있을 것입니다.

물론 지금의 젊은이들은 우리들 세대와 같은 생각을 갖고 있지 않은 것은 당연합니다. 그들이 우리들 세대보다는 자유로이 여성들과 접촉할 수 있고, 아주 쉽게 결합하는 것도 예외는 아닙니다.

그러나, 청년들이 가지고 있는 근본적인 사고방식은 예나 지금이나 별로 달라진게 없다는 사실을 알아야 합니다. 현재는 죽음의 공포에 시달리고 있는 암흑의 시대는 아닙니다. 그렇지만, 요즘 젊은이들이 육욕의 충동뿐만이 아니라, 보다 근원적인 삶의 자극을 위해 급급하는 것은 우리 때와 마찬가지입니다.

사랑의 어두운 충동

당신들은 여성의 알 수 없는 그 '어두운 충동' 때문에 괴로워하고 있는 것입니다. 어떠한 '돈 후안Don Juan(방탕아)'이라 해도 예외일 수 없습니다. 의식적으로나 본능적으로 젊은 남성들은 여성을 통해 육체적 욕망 이상의 그 무엇인가를 부단히 찾고 있는 것은 사실이니까요.

중년 남성들이 카사노바 타입이라 해도, 그들의 성생활이 무분별해도, 그들이 구하고자 하는 욕구는 변함이 없습니다. 우리가 전쟁 중에 겪은 감정과 같은 것, 그것은 한마디로 '삶의 자극'이지, 결코 '성의 자극'은 아니라는 것입니다.

그렇다면 남자들이 여성들에게서 구하려고 하는 '삶의 자극'이란 대체 어떤 것일까요? 가끔 번화가 호텔 앞을 지날 때가 있습니다. 젊은 남녀가 버젓이 호텔 문을 나서거나, 아니면 사람의 눈을 피하듯 황급히 호텔을 빠져 나가는 어색한 광경을 목격하게 됩니다.

나는 그럴 때마다 그 젊은이들의 심중을 헤아려 보게 됩니다. 그들은 욕구 충족 뒤의 기쁨에 들떠 있는가, 아니면 사랑하는 여자의 모든 것을 소유한 희열에 만족하고 있는가 하고 말입니다. 육욕에 몰두하다 보면 때때로 슬픔의 물결에 휩싸일 때도 있습니다. 감각적으로는 확실한 것, 분명한 것이기는 하지만, 육욕 그 자체는 환멸이나 비애를 동반하는 애증이 있습니다.

육욕은 인간의 욕망 가운데 하나인데, 그것이 환멸이나 비애를 동반하는 것이라면, 무엇에 대한 환멸이며 비애인가를 한번쯤 우리들은 생각해 보아야 할 숙제같은 것입니다. 여기에 중요한 문제가 있습니다.

어떠한 남자든 간에 여자의 젊은 모습을 보았을 때 환상적인 매력을 느끼지 않는 사람이 있다면, 그는 목석이나 다름 없습니다. 당신들이 다른 형태로 이성의 젊은 사람에게 자신의 꿈을 의탁하듯이, 청년들 또한 당신의 미소나 명랑한 웃음소리를 황홀하게 받아들이는 사랑의 초년병들입니다.

그들은 '처녀'라는 그 한 마디만으로도 자기들이 아직 포착하지 못했던 서늘한 나무 그늘 같은 행복을 꿈꾸는 존재이기도 합니다. 그런 경우 그들은 자신의 젊은 육체를 생각해 봅니다. 하지만 그들은 항상 자기의 육체에 대하여 불안한 콤플렉스를 갖고 있습니다. 무엇인가 형용할 수 없는 불안정한 것을 느끼며 작은 불꽃같은 욕망에 사로잡히는 고통을 갖고 있습니다.

그와 같이 예고없이 찾아오는 어두운 충동은 육체적인 콤플렉스 때문임을 부정할 수 없을 것입니다. 그러므로 건강한 청년들은 당신들의 그 밝은 웃음소리나 미소를 대할 때마다. 그 같은 괴로움이나 수치심을 자기의 육체 속에서 느끼게 되는 것입니다.

그곳은 비가 와도 젖지 않는 햇빛이 눈부시게 쏟아지는 산봉우리인 듯 청년들은 자기들이 가지고 있지 못한 청순하고 깨끗한 이미지를 당신들에게서 찾아내려고 하는 열망을 갖고 있습니다. 그런가 하면 성격상으로 여성을 멸시하는 청년들도 있습니다. 하지만 그러한 청년들이라 해도 가슴 속으로는 꿈꾸는 듯한 여성을 원하고 있습니다.

정신분석 학자들은, 그같은 비뚤어진 의식의 배후에는 유년시절에 어떤 형태든 간에 여성으로부터 배신당한 경험이 힘겹게 자리잡고 있음을 지적하고 있습니다. 그 옛날 여성으로부터 감당할 수 없는 환멸을 맛보았다면, 어떤 기대나 이상을 얻지 못했기 때문에 형성된 것이 아니겠습니까.

청년들의 이같은 은밀한 기대는 당신들을 통해서 보다 근원적인 데로 접근하고 있는 것입니다. 그것이 어떤 젊은이에게는 행복의 기대감인지도 모릅니다. 또 다른 젊은이에게는 청순한 이미지에 대한 그리움으로 사로잡는가 하면, 어떤 젊은이에게는 미지의 것에 대한 호기심이라고도 할 수 있을 것입니다.

어쨌든 그것이 무엇이든 간에 한마디로 말해서 보다 나은 삶에 대한 기대임이 분명하다면, 그 기대감을 자극해서 미래의 문을 열어주는 것이 여성들의 역할인 것입니다.

그렇다면 여성의 육체적인 순결이 청년들의 기대에 어떠한 영향을 미치는가를 살펴보도록 하겠습니다. 청년들은 본능적으로 자기가 사랑하고 있는 여성이 순수한 처녀이기를 바랍니다.

내가 말한 본능적이란 것은 일반성을 말한 것이며, 연인이 순결을 잃었다 하더라도 사랑하는 경우도 많습니다. 하지만 그러한 경우의 애정이란 육체가 아닌 정신적인 처녀성을 더 중요시하는 눈을 갖고 있기 때문에 가능한 것입니다.

그러나 대부분의 남성들이 육체적인 순결을 지닌 여성을 원하는 것은 더럽혀지지 않은 순백의 이미지를 안겨 주기 때문이지요. 그 이미지는 여인의 삶에 대한 기대감을 충족시켜 주고 보다 기쁘게 해줄 수 있는 도덕적 근거입니다.

처녀라는 영상은 남자들에게 어떤 미지의 것, 즉 미래 지향적인 가능성을 예감케 하는 기쁨이 되기도 합니다. 그런데, 숫처녀가 아니라는 영상은 과거의 것, 이미 신선미를 상실한 것을 본능적으로 상기시켜 주기 때문에 혼란을 감당해야 합니다.

남성인 이상 그들은 과거보다도 미래를 지향합니다. 뿐만 아니라 그는 자기 자신의 육체의 고뇌나 일그러짐 없는 태풍이 한번도 지나가지 않은 순백한 육체를 동경하는 미지의 존재이기를 갈망합니다.

그와 같은 더럽힘 없는 순결한 육체를 통해서만이 신선한 미지의 미래에 기대를 걸어 볼 수가 있기 때문입니다. 내가 남성이기 때문에 남성 쪽에서 본 이성의 육체적 순결에 대해서만 언급한 것에 대해 불만이 있으실 것입니다. 여기서 그 입장을 바꾸어 생각해 보면 여성쪽에서도 남성의 순결을 주장할 수 있는 것은 당연합니다.

여성은 생리적으로나 육체적으로 남성보다는 순결에의 욕구가 더 강할 뿐만 아니라, 남성과는 달리 육욕이 자연적인 생리 현상이 아님을 알고 있기 때문입니다.

여성이 성적인 욕망을 느끼게 되는 것은 연령의 성숙만으로는 부족합니다. 여성은 사랑하는 이성에게서만 육체적인 욕망을 느낍니다. 그러나 남성은 누가 가르쳐 주지 않았어도, 또한 사랑하는 여성이든 아니든 간에 이와 같은 어두운 욕망에 눈을 뜨게 되는 존재입니다.

여성들은 남성이 밤거리의 여인과 관계하는 것에 대해 이상하게 생각할 것입니다. 그렇지만, 남성의 경우는 그럴 수가 있습니다. 이러한 생리적인 현상의 차이를 여성들은 알고 있어야 합니다.

여성들은 정신적인 애정이 수반하지 않으면 마음으로부터 육체적인 욕망이 우러나오지 않으며, 적어도 처녀 시절에는 이 육욕이란 것에 혐오감을 느끼고 있을 정도입니다.

그러나 독자 여러분, 여성들의 순결에 대한 절대적인 가치관은 정신적인 노력이나 강한 의지에 의한 것이라기보다, 오히려 생리적인 것이 그것을 지탱하고 있음을 이해하여야 할 것입니다.

젊은 남성들과는 달리 여성은 육체적인 충동에 눈 뜨는 것이 늦고. 그 충동과 싸울 필요도 없습니다.

그래서 여성들이 순결을 지킨다는 것은 육체적으로 어려운 일은 아닐 것이라는 생각을 가져봅니다. 어쨌거나 순결을 중요시하는 여성들이 사랑하는 남성이 동정童貞이기를 바라는 것은 당연한 것입니다.

동정이라는 것은 그리스의 청년상처럼 매우 싱싱한 젊음과 신선한 인상을 여성들에게 안겨 줍니다. 그러므로 그 같은 사람과의 아름다운 연애는 순결이 첫째 조건입니다. 그와 같은 아름다운 연애를 그린 소설로는 〈좁은 문〉, 〈산속의 백합화〉, 〈포올과 비르지니〉가 있습니다.

그렇다면, 극단적인 순결주의자가 빠지기 쉬운 위험에 대해서 생각해 보겠습니다. 그것은 육체나 육욕에 대해서 너무 편협된 생각을 할 때 찾아오는 어두운 충동입니다.

외국처럼 순결주의가 종교적인 바탕 위에서 싹튼 나라에서 그런 경향을 볼 수 있습니다. 인간을 정신과 육체로 나눌 때 정신에는 덕이 살아 있고, 육체에는 죄악과 암흑만이 있다고 생각하는데 어려운 문제가 있는 것입니다.

'애정은 정신적인 호응에 의해서만 화려하게 꽃필 수 있는 것인데, 거기에 육욕을 개입시킨다는 것은 사랑의 순수함을 더럽히는 것이다.'

이는 육체나 육욕을 적당한 위치에서 지배하는 안목이 아직 형성되어 있지 않음을 의미합니다. 이처럼 육체나 육욕에 대한 잘못된 견해에 대해서 〈모일라〉라는 소설의 예를 들어 말씀드린 바 있습니다. 이 비극적인 작품이 우리들에게 시사하고 있는 것은 극단적인 순결주의는 정서를 황폐화시킨다는 것입니다.

이 소실이 살인이라고 하는 비참한 장면을 연출시키면서 끝을 맺었다는 데 대해서 한번쯤 깊이 생각해 보시기 바랍니다. 작가가 말하고 싶었던 것은 과도한 순결주의가 살인, 이를테면 인간성까지 죽인다는 점입니다.

인간은 신이나 천사가 아니라 정신과 육체를 함께 부여받은 존재가 아닙니까. 인간성에는 정신만이 아니라 육체도 포함되어 있다는 뜻입니다. 극단적인 순결주의는 육체를 죄의 영역, 악의 온상으로 꾸며진다는 것입니다.

내가 극단적인 순결주의는 정서를 황폐화시킨다고 말씀드린 것도 그런 의미에서입니다. 물론 육체에 대한 지나친 금기는 기독교 정신이 뿌리 깊은 유럽 쪽에서는 더욱 철저합니다.

순결이 유럽에서 종교적인 관념과 밀접하게 연관되어 있는 예로, 가톨릭에서는 신부가 종신토록 독신이어야 한다는 사실을 들 수 있습니다. 수녀들 역시 예외없이 동정녀이어야 합니다. 그렇다고, 가톨릭 교회에서 육체를 터부시하는 것은 소설의 주인공처럼 일그러진 육체의 편견 때문이 아니라 순결을 보다 소중하게 여기기 때문입니다.

어쨌든 유럽인은 순결에 대한 관념이 종교와 결부되어 있는데 비해 우리 동양인들은 그런 강한 정신적인 지주가 없습니다. 그러므로 여러분들의 순결에 대한 관념은 의지적이기보다 생리적이라고 할 수 있겠습니다.

그러면, 여러분에게 질문을 드려보겠습니다. 젊은 여성들이 육욕은 천한 것, 불결한 것이라고 여기고 있는 것은 어떤 사상에 근거한 것이 아니라, 육체에 대한 공포감 때문에 생겨난 것은 아닐까요? 이를테면 여성은 남성보다 육욕에 대한 느낌이 늦다는 것, 그리고 또 남성처럼 자유롭게 그것을 충족할 수가 없다는 이유 때문에 터부시하는 것은 아닌가요?

왜냐하면, 그런 경우 여성은 임신이라는 원치 않는 결과를 짊어지게 되지는 않을까 하는…… 그러한 여러 가지의 생리적, 사회적인 이유 때문에 자신의 순결을 지킬 수밖에 없다는 막연하기는 하지만, 그 같은 기분으로 몰고가는 것은 아닐까요? 만약 그렇다면 다시 생각해 봐야 하는 큰 문제가 아닐까 합니다.

다음의 예를 관용으로 생각해 주셨으면 합니다.

순결, 육체의 문을 넘어서

오늘날의 젊은 여성은 근대적 교양을 몸에 지녔다 하더라도 유럽의 여성에 비해서 남성과 사귀게 되는 경우, 한번 상대에게 몸을 허락하고 나면 그 후부터는 눈사태가 무너져내리는 것처럼 급속도로 기울어져 버리는 경향이 있습니다.

즉, 이것은 순결에 대한 가치관이 사상적, 종교적, 의지적이라기보다는 생리적인 본능에 의해 지탱되어 가기 때문에 한번 몸을 허락해 버리면 순결에 대한 방어력이 약해지기 때문입니다. 애정이 없어도 맹목적으로 순응해 가는 나약함, 또는 그 후부터는 많은 남성에게 몸을 맡겨도 예사롭게 생각하는 동양 여성들의 비극은 이런 데 원인이 있는지도 모릅니다.

앞에서 말한 극단적인 순결주의도 어떤 위험을 내포하게 되는 것이지만, 단지 육체적인 미성숙이나 육욕에 대한 본능적 공포감에만 사로잡혀 있는 순결주의도 그 나름대로의 약점이 있다는 것입니다.

그것을 방지하기 위해서 여러분은 육체나 육욕에 대한 올바른 평가와 자기의 육체에 대한 소중함을 갖고 있어야 할 것입니다. 육욕을 지나치게 경멸하거나 불결한 것으로만 생각해서는 안 된다는 뜻입니다.

오해가 없기를 앞에서도 말씀드렸습니다만, 그렇다고 순결주의 자체에 잘못이 있다는 것은 아닙니다.

그것이 극단적이거나 과격해서는 안 된다는 뜻입니다. 그런 경우에 있어서 육체라든가 육욕에 대한 올바른 가치관이 필요하다는 것을 강조하고 싶습니다. 극단적인 순결주의를 막기 위해서 다음의 몇 가지를 지적하고 싶습니다.

지나치게 상대방을 미화해서 생각하지 말 것. 물론 연애는 도취 없이는 성립이 될 수 없습니다. 너무 차가운 눈빛으로 상대를 관찰하기만 해서는 연애의 기쁨을 발견하거나 누릴 수 없습니다. 사랑한다는 것은 한 남성의 강한 모습뿐만 아니라 약한 것까지 포용해야 하는 것입니다.

그는 하나의 인간일뿐 성인聖人도 영웅도 아니잖습니까. 그렇다고 그의 약한 면을 너무 동정해서도 안 되겠지요.

순결주의에 치우치지 말라는 경고입니다.

그렇다면 당신은 남자를 폭넓게 알아 둘 필요가 있습니다. 나는 그런 점에서 여성 여러분을 학교나 직장에서 외톨이가 되어 따돌림을 받아서는 안 되며 주위의 다른 젊은이들과의 폭넓은 교제를 권하고 싶습니다.

어떤 젊은이든 편견 없이 교제해 보면, 장차 당신이 진정으로 사랑할 수 있는 청년을 만나게 되는 기회가 될 것입니다. 또한 남성을 다소 알기 때문에 그에게 빠져 극도로 미화하는 생각의 위험에서 벗어날 수 있는 안목을 가질 수 있습니다.

최근 성교육 문제를 강조하고 있습니다만, 그런 형식적인 것만 가지고는 해결될 수 없다고 봅니다. 보다 중요한 것은 여성만이 가질 수 있는 모성적인 가치관이나 사명을 존중해야 합니다.

여성이 여성으로서의 존엄성을 가질 수 있는 것은, 미혼 여성이라면, 장차 모성을 갖게 된다는 사실입니다. 이 모성으로서의 사명은 남성 쪽에서도 경의를 표해야만 할 매우 값진 것입니다. 육욕이란 것은 그 자체가 궁극에 가서는 모성을 만들기 위하여 가장 필요한 요소입니다.

그러므로 육욕은 정신적인 것과 일치되었을 때 그 목적을 이루었다고 할 것입니다. 모성이란 숭고한 인격과 능력이 결부되었을 때 육욕을 동화시키는 아름다운 실체입니다.

순결은 사랑을 준비하는 기다림

여러분 중에는 나의 주장에 반대 의견을 갖고 있는 분도 있을 것입니다. 육욕이 모성의 사명과 결부되지 않아도 다른 아름다운 의미가 있을 것 아닌가 하는 의견을 말하고 싶을 것입니다.

가령 사랑하는 사람들끼리 순수한 감정으로 마음과 몸을 합쳤다면 육욕은 결코 불결한 것이 아니잖은가. 왜 그렇게 속단하는가 하고 연애 지상주의자들이 자신들의 입장을 정당화시키려는 말의 뜻을 모르는 바는 아닙니다.

그러나, 결론부터 말씀드리면 여러분은 아무리 사랑하는 남성이라 해도 되도록 육체적인 한계만은 결혼 전까지는 지켜야 한다는 것을 명심하시기 바랍니다.

그것은 극단적인 순결주의에서 드리는 말이 아니라, 두 사람의 연애를 보다 밝은 데로, 보다 행복한 데로 귀결시키기 위한 처방입니다. 아무리 사랑하는 사이라 해도 결혼 전에 몸을 합하게 되면 반드시 육체의 슬픔을 맛보지 않을 수 없기 때문입니다.

육체적인 만족 그 자체만으로는 결코 완전한 행복을 누릴 수는 없습니다. 피로와 암울한 비애를 동반하게 됨을 여러 번 말씀드린 바 있습니다. 그러나 우리들은 신이나 성자도 아니며, 다만 남자와 여자라는 양성으로 구분 지어진 인간들입니다. 인간인 이상 한계가 있는 존재입니다. 애정의 경우도 예외는 아닙니다. 우리들이 사랑하는 상대와 육체적으로 결합된다는 것은 정신적인 애정만으로는 부족하기 때문이 아닐까요.

'너와 나는 하나가 되고 싶다.'는 간절한 사랑의 염원이 육체를 결합시키게 되는 동기가 아닙니까. 격렬한 행위의 종착이 하나가 되었다는데 만족감이 있을 것인가? 슬픈 이야기지만 허무함만이 자리잡을 뿐입니다.

여기에 인간의 한계가 있다는데 절망할 것입니다. 왜냐하면, 사랑이라는 것은 상대방을 완전히 소유하고 싶은 욕망의 표현 수단입니다. 이와 같은 욕망은 더 이상 없을 것입니다. 그것은 무제한의 욕구입니다. 그렇다면 누가 우리들이 갖고 있는 그와 같은 무한한 욕구를 충족시켜 줄 것인가?

열렬하게 사랑하는 것, 두 사람이 서로 애정을 확인해 가는 것, 그것은 연애의 순수성이 아니라 애욕의 순수성이라고 이해하고 싶습니다. 연애의 순수성이라는 것은 남녀가 사랑의 불꽃을 언제까지나 꺼지지 않게 하기 위해서, 두 사람의 행복에 결부시키기 위해서 지혜나 기술을 동원하게 되는 것입니다.

하지만 인간의 사랑에는 모순이 내포되어 있고, 그것은 무너지기 쉬운 위험도 함께 지니고 있습니다. 슬픈 일이지만, 그것이 인간의 조건이므로 벗어날 수 없는 운명적인 것이기도 합니다. 그러므로 우리들은 애정의 양이나 적극적인 것만을 신뢰해서는 안 될 것입니다.

이렇듯 적극적인 애정만으로는 인간이 행복해질 수 없다는 결론에 도달할 수 있습니다. 도리어 적극적인 애정이 상대방을 불행이나 파멸로 이끌어가는 경우가 더 많음을 알아야 합니다. 사람을 사랑한다는 것은 한마디로 고통의 시작입니다.

또한 사랑을 받게 된다는 것은 괴로운 짐이 될 수 있습니다. 그러니만큼 여러분은 어떤 사람을 사랑하는데 있어서 '잘 해낼 수 있는 방법'과 '잘못하는 방법'이 있음을 분명히 알고 있어야 합니다. 그러나 너무도 상식적인 원리를 여러분들은 잊고 있을 때가 많습니다.

때로는 그 같은 생각은 애정의 순수함을 상처 내는 편견이라고 기피하는 경우도 있습니다. 그러나 애정은 그 어느 경우이든 변함이 없습니다. 기술이 필요한 것입니다. '잘 해 내는 방법'이란 두 남녀를 영속적으로 행복의 길로 인도해 나갈 수 있는 기술입니다. 그러기 위한 지혜나 기술은 누구로부터 가르침을 받았다고 해서 터득되는 것이 아닙니다.

각자 자기가 생각하고 판단해서 두 사람만이 적응해 갈 수 있는 연애의 환경을 만들어 가야 합니다. 그렇지만,' 잘 해내는 방법'의 하나로 착각하고 결혼 전에 육체를 합쳐 버린다는 것은 위험을 자초하는 일임이 틀림없습니다.

아무리 사랑을 한다 해도 질서를 무시하고 육욕의 세계로 들어간다는 것은 반드시 고독감이나 소외감을 자아내는 원인이 되며, 육욕은 감각적인 것인 이상 그것을 거듭해서 되풀이하게 되면, 피로나 환멸과 함께 적막감이 따라오게 마련입니다.

애정의 속도만을 믿고 그 불꽃속에 몸을 맡겨 버리는 것은 쉬운 일이나 그 행위가 끝난 뒷자리에는 아무것도 남는 것이 없습니다. 그러므로 결혼이란 것은 육욕의 가치나 의미를 높여 주는 인생의 관문입니다.

왜냐하면, 결혼의 경우 육욕은 다른 의미를 가져다주며 남성에게는 부성을, 여성에게는 모성을 전제로 하기 때문입니다.

그러므로 연애나 약혼 중의 애정은 상대방을 아직 완전히 소유하지 못한 상태이므로 미지의 부분은 남겨 두는 게 좋습니다.

　젊은 남성들은 사랑하는 여성의 구석구석을 모르고 있을 때 그의 호기심이나 상상력을 최대한으로 증폭하는 자기 기만에 빠지게 됩니다. 연애 중의 매력이란 것은 이 호기심이나 상상력에 매달리는 미약함이 있습니다.

　만일 그가 당신의 육체의 구석구석까지도 다 알아버리고 나면 집착했던 호기심이나 상상력은 급격히 감퇴되고 맙니다. 물론 진정한 애정이란 이 호기심이나 상상력만을 자극하는 것이라고는 할 수 없습니다. 그렇지만, 두 사람의 애정을 보다 깊게 하기 위해서라면 그 같은 원초적인 본능을 이용하는 것도 결코 불순하다고는 할 수 없을 것입니다.

　뿐만 아니라, 결혼 초야에 당신과 그가 보다 건강하고 신선한 것을 주고받지 못한다고 가정해 보십시오. 두 사람이 비로소 그날 미지의 문을 열어야 하는데, 이미 다 지나간 뒤라면 너무나 허전하고 싱거운 일이 아닐 수 없을 것입니다.

　두 사람이 육체를 합친다는 것은 연애 중에는 용이한 일이지만, 그것을 억제하여 위기를 극복함으로써 두 사람에게는 맹목적인 욕망을 이겨 내는 용기와 힘이 주어지게 되는 것입니다. 그러므로 연애 중에는 되도록 육체의 순결을 지켜 가십시오. 그것은 결코 육체에의 공포감이나 혐오감에서 비롯되는 행위가 아니라, 언제인가는 합쳐져야 하는 육체적인 애정을 보다 바르게, 보다 즐겁게 하기 위해 필요한 준비이며 기술인 것입니다.

나는 극단적인 순결주의에 빠지지 말라고 경고하는 동시에 순결의 필요성도 말씀드렸습니다. 이 순결성은 여성의 본능이나 생리에 의해서만 지탱되는 아름다움이며 젊음의 가치입니다.

미래를 향해서, 행복을 향해서 자신들의 애정을 잘 가꾸어 갈 수 있도록 지혜나 이성을 총동원하는 것이 진정한 의미에서의 순결성이라 할 수 있을 것입니다.

만일 피할 수 없는 사정으로 해서 이미 육체의 순결을 상실한 경우라 해도, 결코 비관을 하거나 절망할 필요는 조금도 없습니다. 순결이란 자기가 만들어 가는 것이니만큼 그런 마음만 있으면 오늘부터라도 순결해질 수 있는 것입니다.

사랑의 모순, 사랑의 신비

옛부터 시인이나 작가들은 바다나 숲을 사랑의 대상에 비유하여 작품으로 표현하였습니다. 나 자신도 사랑의 세계를 생각할 때마다 깊고 어두운 숲속을 연상하게 됩니다. 태양 빛이 우거진 수목에 가리워 아주 컴컴하지는 않지만, 약간 트여 있는 오솔길, 나뭇가지 사이로 스며드는 밝음으로 지탱되고 있는 깊은 숲속의 침묵, 그러한 숲속을 거닐어 본 적이 있습니까?

어느 몹시 더운 여름날이었습니다. 나는 배낭을 짊어지고서 프랑스의 랑드 지방을 여행한 경험이 있습니다. 랑드는 프랑스 어로 광야라는 뜻입니다. 아닌 게 아니라 그 이름에 걸맞은 황막함에 숨이 막힐 것 같았고, 모래까지 쌓여 있어 등산화를 푹푹 빠지게 했고, 울창한 소나무 숲이 바다처럼 끝없이 펼쳐져 있었습니다. 아무리 걸어도 마을은 보이지 않았습니다.

빨간 히스꽃이 전설처럼 군데군데 피어 있었고, 가끔 나의 발소리에 놀라 푸드득거리며 날아가는 작은 새의 날갯짓 소리 이외에는 생물이란 종일토록 볼 수가 없었으며, 오직 날파리떼만이 숲 사이에서 날아오곤 할 뿐이었습니다.

여전히 숲속은 어둡고 침묵하고 있었습니다. 대서양으로부터 불어오는 열띤 바람이 숲의 잔가지를 건드리면 마치 파도가 밀려오듯 쏴아 하는 신음소리를 토해 내곤 했습니다.

앞에서도 비슷한 얘기를 했습니다만, 나는 그 숲속에서 많은 것을 생각했습니다. 이곳은 남녀의 사랑의 세계와 흡사하다는 아련함이 가슴을 파고 들었습니다.

바람에 흔들리는 숲의 소리는 이루어질 수 없는 사랑에 고민하여 신음하는 인간의 목소리와도 같았습니다. 그리고 뜨거운 태양 광선의 영향을 받아 껍질이 터진 나무의 상처는 애욕 때문에 만들어진 인간의 아픈 마음을 떠올리게 했습니다.

아니면 어두운 숲길을 거의 더듬듯이 걸어야 했던 나의 힘겨운 발걸음은 사랑의 미로에 빠져 방황하는 연인들의 모습을 연상하게 했습니다.

참으로 사랑의 세계는 깊은 숲속과 다름이 없는 운명적인 것입니다. 연애의 길은 자기 혼자만의 힘으로 걸어가야 하는, 한 가닥의 가는 밧줄에 의지하여 줄을 타는 곡예사의 모습과도 같습니다.

즉 당신의 운명은 타인의 지혜나 충고로써도 어떻게 할 수 없는 특별한 존재입니다. 그것은 자기만의 괴로움, 상처로 남게 되어 오직 체험을 통해서만 그 나름대로의 지혜를 얻게 되는 것이기 때문입니다.

물론 나는 황혼의 조용한 바다를 닮은 숭고한 애정도 인정합니다. 그렇지만, 그 숭고한 애정 이전에 존재하는 애욕이란 것은 별개의 것입니다. 그것은 불가사의한 수수께끼와도 같은 모순을 안고 있습니다.

고뇌나 불안이나 의혹이 오히려 우리들의 열정을 불타게 합니다. 사랑이란 것은 두 남녀의 행복이나 결합을 추구하면서도 도리어 불안, 고통, 의혹으로써 불타게 하는 모순을 갖고 있습니다. 부디 오해가 없기 바랍니다. 사랑이 '불탄다'고 하는 말과 사랑이 '깊어 간다'는 말은 엄연히 다릅니다.

그렇지만, 여기서는 인간의 고귀한 사랑의 상태보다도 사랑의 모순, 그 수수께끼에 대해 말해야겠기에 그 상태를 거듭 강조하는 바입니다.

사랑은 슬프고 괴로운 것이지만, 사랑의 그 어두운 면을 직시해 가면서 연애의 지혜를 조금씩 터득해 가시기 바랍니다.

2

사랑의 모습

1 / 에로스

이제부터 우리들이 함께 생각해 보아야 할 문제는 연애를 할 때 당연히 관심을 갖게 되는 육체적인 열정에 대한 이야기부터 시작하려고 합니다.

물론, 에로스eros라는 말에는 여러 가지 의미가 있습니다만. 보통 아가페agape라는 말과 비교가 되는데, 이것은 정신적인 사랑을 가리키지만, 에로스는 일반적으로 육체적 열정, 즉 성적인 사랑을 의미하는 경우가 대부분입니다. 나 역시도 에로스를 육체적인 사랑에 한정시켜서 이야기할까 합니다.

요즈음은 매우 개방적인 사회 분위기이지만 얼마 전까지만 해도 여러분 중에는 육체적인 사랑이란 말을 들으면 얼굴을 붉히거나 찌푸린 분이 있었을 것입니다. 연애의 순수한 감정 속에

그러한 육체적인 욕망이 섞이는 것을 매우 못마땅하게 생각할
수도 있습니다.

가까운 예로, 내가 가르치고 있는 여대생들에게 '연애의 순수
성에 대해서'라는 제목의 리포트를 쓰게 한 적이 있었습니다.

그때 제출된 답안 중에는 '육체적인 욕망은 사랑의 아름다움을
더럽힌다'라고 써 낸 학생이 의외로 많아서 놀랐던 기억이 납니다.

청년들과는 달리 여대생들이 본능적으로 육체적인 접촉을
거부하는 경향이 강한 것도 무리는 아닙니다. 젊은 청춘의 여성
여러분들은 남자들처럼 태풍과도 같은 거친 감정이나 어두운
욕망에 몸부림치는 일은 거의 없을 줄 압니다.

그러나 지금 사랑에 열중하고 있는 또다른 분들은 그러한
경험을 하고 있는지도 모르지요. 당신은 결혼할 때까지 보다
정신적인 결합을 바라고 있는데 상대방은 거기에 만족하지
않고, 당신의 육체를 원하는 경우도 많습니다. 그러한 경험을
통해서 때로 당신은 그의 애정을 의심하기도 할 것입니다. 그러한
경우라면 다음의 일에 대해서 기억해 두시기 바랍니다.

당신이 육체적 욕망에 대해 그다지 느끼지 않는 것은 아직 젊
은 여성이기 때문입니다. 그러나 상대 청년은 생리적으로 관능에
빨리 눈을 뜨게 되어 뜨거운 욕망에 괴로워한다는 사실입니다.
물론, 이러한 경우 그의 욕망을 충족시켜주라는 말은 아니지만,
당신은 자신의 입장, 주관만을 내세워 그를 나쁘다고만 생각하
지 말라는 충고입니다.

언젠가는 당신들도 정신적인 사랑만이 아니라 육체적인

사랑에 대하여 관심을 갖게 될 것이기 때문입니다. 오늘은 당신들이 그 문제에 대하여 별로 관심이 없다 해도 내일은 건강한 여성으로서 마음의 준비를 가져야 할 것입니다. 그런 뜻에서 이제부터 여러분과 에로스의 비밀한 세계를 같이 탐험해 보려고 합니다.

지금 나는 이 글을 어느 산속의 작은 오두막집에서 쓰고 있습니다.

황금빛으로 물든 구름 사이로 보랏빛 산봉우리가 보이고, 방울을 단 누렁소가 한가롭게 풀을 뜯고 있는 광경이 꿈처럼 펼쳐져 있습니다.

이러한 산속에 홀로 있으려니까 내용이 딱딱한 책보다는 목가적인 이야기가 담긴 책이 읽어 보고 싶어져서 온종일 그리에라는 프랑스 사람이 번역한 〈다프니스와 크로에〉를 읽었습니다.

여러분 중에는 이미 이 책을 읽은 분도 계시겠지만, 그 내용을 보면 젊은 목동과 양치기 딸과의 사랑 이야기가 그리스의 아름다운 자연을 배경으로 전개되고 있는데, 이것은 롱규스라는 그리스 사람이 기원 3~4세기 경에 쓴 작품입니다.

이 작품의 줄거리를 간단히 소개해 보면, 옛날 그리스의 레스보스 섬은 아름다운 운하로 둘러싸여 있었는데, 그 섬 안의 미테이레에느라는 작은 마을에 라뭉이라는 산양치기가 살고 있었습니다.

어느 날 그는 등나무 넝쿨이 어우러진 숲속에서 산양의 젖을 빨고 있는 귀여운 사내 아기를 발견했습니다. 아무렇게나 버려진 아기였지만, 옷은 동양 비단으로 잘 입혀져 있었고 금단추까지 달린 분홍색 망토를 걸치고 있었습니다. 그리고 그 옆에는 칼자루가 상아로 된 단검이 놓여 있었습니다.

라몽은 이 아기를 집으로 데리고 와서 다프니스라는 이름을 지어 주고 정성껏 키웠습니다.

그로부터 2년쯤 지나서 그 부근에 살고 있는 도리아스라는 다른 양치기가 역시 같은 방법으로 이번에는 동굴 속에 버려진 여자 아기를 발견했습니다. 그 여자 아기 옆에는 금실로 짠 모자와 금박으로 치장한 나막신과 양말 등이 놓여 있었습니다. 도리아스는 그 갓난애를 크로에라고 이름 지어 자기 집에서 키우기로 마음먹었습니다.

다프니스와 크로에는 그런 인연으로 각각 양부모 밑에서 자라났습니다.

같은 운명과 같은 처지 때문인지 어려서부터 둘이는 매우 사이가 좋았고 양들을 지키며 친자매처럼 지냈습니다. 자연 속에서 자연의 모습으로 성장한 그들에게 어느 누구도 '사랑이 무엇인가'에 대해서 가르쳐 주지 않았습니다. 그러나 성장하면서 본능적으로 두 사람은 서로의 육체의 아름다움을 느끼기 시작했습니다.

어느 날 양을 쫓다가 구덩이에 빠져 흙투성이가 된 다프니스는 옷을 벗어 크리에게 건네주고 시냇물에 몸을 씻었습니다.

목욕을 하고 있는 다프니스의 건강한 육체가 태양빛에 타오르듯 빛났습니다. 그의 검은 머리칼은 윤기까지 흐르고 있어 젊음을 더해 주었습니다. 그것을 본 크로에는 그 육체의 아름다움에 마음이 끌렸습니다. 만약 그가 보지 않는다면 그 살갗을 만져 보고 싶을 정도의 충동까지 느꼈습니다.

그날부터 크로에의 마음은 동요하기 시작했습니다. 다시 알몸으로 목욕하는 그의 육체를 보고 싶은 강렬한 욕구가 일어났습니다. 그러한 크로에의 심정을 원문에서는 다음과 같이 묘사하고 있습니다.

시골에서 자란 그녀로서는 자기의 마음속에서 일어나고 있는 그 이상한 감정이 무엇인지 알 수가 없었다. 그녀는 사랑이란 말조차도 들어보지 못했다. 그 후 그녀는 하루종일 다프니스만 생각하느라 식사까지 거를 때가 종종 있었고, 밤에는 한숨도 못 자고 꼬박 새울 때도 있었다. 그녀는 다음과 같은 몽상에 빠져 혼자 중얼거렸다.

'다프니스는 정말로 멋있구나. 그의 볼은 꽃처럼 빨갛고, 그 사람의 노래는 새들의 지저귐 같아. 아, 어째서 나는 피리가 되지 못하였을까? 피리라면 그 사람의 입술에 닿을 수도 있었을 텐데.

왜 나는 그 사람의 새끼 산양이 되지 못하였을까. 그랬더라면, 그 사람은 나를 그의 품에 꼭 안아주었을 텐데……'

그러한 마음의 번민은 크로에뿐만이 아니었습니다. 다프

니스도 마찬가지였습니다. 어느 날 그는 도르콩이란 친구와 크로에와의 키스를 내기로 걸고 두 사람 중에 어느 쪽이 더 멋있는 청년인가 하는 문제를 놓고 논쟁을 벌였습니다.

그 논쟁에서 이긴 다프니스는 처음으로 그녀의 입맞춤을 받았지만, 그날부터 그는 독에 쏘이기나 한 것처럼 가슴에 통증을 느끼기 시작했습니다. 때로는 적적하고, 때로는 한숨이 새어 나오고 몸부림을 치기도 하고, 크로에를 만나면 지금까지 느껴보지 못했던 수치심에 얼굴이 달아올랐습니다.

그는 다음과 같이 중얼거렸습니다.

'하나님, 크로에의 키스는 나의 가슴에 무엇을 심어주었지요? 그녀의 입술은 장미처럼 향기롭고 그 입은 꿀처럼 달았습니다. 나의 가슴은 어째서 이렇게 두근거리고 맥박은 격동치듯 떨려 괴로워하면서도 다시 키스해 주었으면 하는 기다림에 아무 일도 할 수가 없습니다. 대관절 이 고통이 무엇인지 저는 도무지 알 수가 없습니다.'

다프니스와 크로에는 자기들이 어째서 이렇게 괴로워하는가를, 마음속에 파도처럼 일고 있는 그 고통이 무엇인가를 이해하지 못했습니다. 자연의 품속에서 자란 두 사람은 연애라는 말조차 들어보지도 못했고 사랑이란 달콤한 이름조차 알 수 없었으니까요.

이 소설에서 재미있는 대목은 이처럼 사랑의 실상을 전혀 모르면서도 연애의 심리로 발전해 가는 과정과 괴로워하는 마음의 변화입니다. 그 심리의 발전이나 그것을 둘러싼 사연의 아름다움에 대해 원문을 직접 읽지 못하는 것이 유감입니다.

마음은 괴로워하면서도 그들은 그것을 어떻게 이해하고 처리해야 하는 것인지를 전혀 알 수가 없었습니다.

무엇보다도 사랑의 기술이나 애무 같은 것은 생각조차 못했습니다. 그러던 어느 날 그들이 늘 그랬던 것처럼 산양을 지키면서 즐겁게 어울려 놀고 있을 때, 헐렁한 외투를 걸치고 나무신을 신고 낡은 빵주머니를 맨 한 노인이 나타나서 '아무르'라는 사랑의 신에 관한 얘기를 들려주었습니다.

"진실로 마음의 고통을 덜어주는 것이란 무엇인가?"

하며, 말을 꺼냈습니다.

"열정을 식혀주는 것은 노래도 속삭임도 아니다. 사람을 즐겁게 하는 것은 힘도 약도 아니고, 그저 포옹과 키스, 발가벗고 함께 자는 거란다."

이 말을 들은 두 사람은 자기들의 고통을, 그 말과 비교해 보고 비로소 연애의 존재를 깨닫기 시작했습니다. 그리하여 노인의 말처럼 들판에서 서로 꼭 껴안아 보았습니다.

그러나 최후의 치료법인 발가벗고 자는 행위만은 차마 할 수가 없었습니다. 그러한 것은 다프니스와 같은 젊은이나 크로에 같은 순진한 처녀로서는 대담한 행위였으니까요.

'그러나 다음 날 밤이 되자, 그들은 자기들이 그렇게 하지 못한 것을 후회하고 몸부림치며 잠들지 못했다.'라고 원문에는 씌어 있습니다.

'우리들은 키스했다. 그러나 결과는 아무것도 없었다. 그다음 우리들은 깊은 포옹을 했다. 그것도 우리들을 고통으로부터 구해 주지 못했다. 그렇다면 함께 자는 것만이 연애의 유일한 치료법이란 말인가. 어떻게든 그것을 시험해 봐야겠다. 그것은 키스와는 다른 무엇인가가 있을 것이다.'

하지만 두 사람은 할 수가 없었습니다. 발가벗고 어떻게 자야 하는 것인지 방법을 알 수 없었고, 그것보다도 왜 그래야만 하는 것인지, 그것을 누구한테 물어 보는 것조차도 부끄러웠던 것입니다.

그 후 두 사람에게는 큰 사건이 연이어 일어나고 때로는 따로따로 떨어져 살아야만 하는 운명이 다가오기도 합니다만, 마침내는 결혼하게 되어 행복한 생활을 합니다.

그것은 앞에서 말한 것처럼 자연아인 다프니스와 크로에가 차츰 사랑에 눈을 뜨게 되고 이어 성에 대한 본능을 찾으면서 두 사람이 맺어진다는 것으로 소설의 끝을 장식합니다.

여러분도 잘 알고 있는 프랑스의 작가 프로벨의 〈감정 교육〉이란 소설이 있습니다.

그 속에 이런 말이 씌여있습니다. 이 '다프니스와 크로에'는 성교육 소설이라고 밝히고 있습니다. 그러나 〈다프니스와 크로에〉는 간단한 내용의 소개로도 알 수 있듯이 목가적인 이야기입니다.

아름다운 그리스의 전원을 배경으로 한 두 젊은이의 청순한 아름다운 사랑의 이야기입니다.

거기에 그려져 있는 두 사람의 젊은 남녀의 사랑은 물론 그

성적인 깨달음은 우리들에게 음탕한 감정이나 불결한 느낌을 주지 않습니다.

작자가 소개한 마지막 부분을 생각해 보시기 바랍니다. 털가 죽 옷을 입은 노인이 나타나서 두 사람에게 사랑의 고통을 잊 으려면 꼭 껴안고 발가벗고 자라고 권합니다. 그 행위를 가르쳐 주는 노인이나, 그 말을 순진하게 받아들이는 다프니스와 크로에의 모습을 잠시 머릿속에 그려보면 천하다거나 음탕한 인상을 주지 않는 이유는 무엇일까요.

마치 그들은 노인에게서 양치는 방법이나 포도나무를 재배하는 방법, 또는 인간의 병을 고치는 치료법을 가르쳐 달라고 하는 경우처럼 솔직한 태도로 성의 지식을 배웠던 것입니다. 그뿐만이 아니었습니다. 다프니스는 리세니온이라는 중년 여 인으로부터 성의 기술을 실제로 배우는 장면이 있습니다.

그녀는 술책을 써서 다프니스를 속여 사랑을 가르친다는 구실 로 그의 동정을 빼앗아 버립니다. 그 뒤 다프니스는 리세니온에게 배운 방법을 시험해 볼까 생각합니다.

'그러나, 그는 키스와 포옹 이외의 것을 크로에에게 요구하지 못한다. 그는 크로에가 고함이라도 지르면 어쩌나 겁이 났기 때문이다. 그녀의 감정을 거슬리거나 슬픔을 주는 행위는 도저히 할 수가 없었다. 하물며 격렬한 고통 속에 출혈을 요구하는 일은 순진한 그로서는 두려웠고 상처가 나지 않는 데도 피가 나온다는 것은 있을 수 없는 일이라고 생각했었기 때문이다.' 라고 원문에는 씌어 있습니다.

이 경우에 있어서도 우리들의 마음에 불쾌감을 주거나 불결하다는 느낌을 주지 않습니다. 오히려 그러한 다프니스의 무구한 순진성이 우리들로 하여금 미소를 자아내게 합니다.

왜 그럴까요? 그것은 다프니스와 크로에가 성에 대해 죄의식이나 부정적인 감정을 전혀 갖고 잊지 않았기 때문입니다. 구름 한 점 없는 그리스의 푸른 하늘처럼 맑은 마음의 눈으로 섹스를 바라보았기 때문입니다.

다프니스의 나체를 보고 난 뒤 물에 젖어 더 힘차 보이는 육체를 생각할 때마다 자기의 살을 접촉해 보고 싶은 강렬한 충동에 사로잡히는 크로에의 마음이 조금도 더럽다거나 추하다는 생각이 들지 않습니다.

그것은 아름다운 꽃을 보면 그 냄새를 맡아 보고 싶은 그러한 충동이라고도 할 수 있습니다. 노인으로부터 배운 순서에 따라 목장의 푸른 잔디 위에서 서로 껴안고 뒹굴며 키스를 하는 것을 두 사람은 절대로 나쁜 일이라고 생각하지 않았던 것입니다. 꿀벌이 꽃을 찾아오듯이 자연적인 욕구였기 때문입니다.

이 짧은 목가적인 이야기가 오늘날 우리들의 마음속에 아득히 잃어버린 꿈같은 전설로 느껴지는 것은 그리스의 신화와 서정이 연출해 낸 자연스러움이 깃든 작품의 내면 때문만은 아닙니다.

그 당시의 성은 어두운 그늘에 죄의 냄새도 풍기지 않았고, 다만 밝고 순진무구하게만 생각하던 시대였다는 사실이 오히려 우리의 마음을 사로잡고 있습니다.

그 시대의 성은 조금도 고통스럽거나 일그러지지 않았습니다.

육욕이란 것에서 무엇인가 천하고 불결하게 느껴지게 되고 연애의 순수성을 상처 내기 시작한 것은 그 후라고 생각됩니다.

그것을 외국에서는 기독교가, 동양에서는 불교나 유교가 인간의 본능인 육욕의 순수성을 빼앗아 갔는지도 모릅니다.

여러분도 잘 알고 있듯이 종교에서 말하는 육체는 인간을 방황케 하고 고통의 함정으로 추락시키는 대상으로 풀이됩니다. 이와 같은 문제는 다음 장에서 천천히 이야기해 보기로 하겠습니다만, 그렇다고 이 순수성을 빼앗은 것은 종교의 탓만으로 돌릴 수 없다는 사실입니다.

그 당시의 성이나 육욕은 그토록 고통을 인간에게 주지 않았고 그 나름대로 질서 정연했다는 면모를 엿볼 수 있습니다. 다프니스와 크로에가 성에 대하여 생각하고 괴로워하는 모습을 보면 상상할 수 있을 것입니다.

그들이 고통스러워하고 고민하는 것은 자기들로서는 어찌할 수 없는, 그 감정의 정체가 과연 무엇이며, 어디서 오는 것인지를 몰랐기 때문입니다.

나는 처음부터 이 소실을 목가적인 내용이라고 지적했습니다만, 그 의미는 그들의 사랑 즉, 성이나 육욕을 추하게 생각하지 않았다는 데 있습니다. 그러나 그 후부터는 인간의 마음이나 경험이 한층 더 복잡해짐에 따라 다프니스나 크로에보다 육체적으로 성숙한 어른이 되었기 때문입니다.

아이들에게는 순수하게 느껴지는 것이 어른에게는 말할 수 없는 슬픔이나 고뇌로 변질되듯이 섹스 또한 목가의 세계에서 비극의 세계로 옮아가고만 것입니다. 그것이 옳은 생각인지 아니면, 잘못된 것인지는 지금 당장 판단하지 않는 것이 현명한 일입니다. 분명한 것은 성에 대한 감정의 변화는 우리들에게 있어서 그렇게 되지 않을 수 없었다는 점을 말하고 싶습니다.

〈다프니스와 크로에〉로부터 오늘, 이 시점까지 우리들이 함께 생각하고자 하는 것은, 그 순수한 성에서 어두운 성에 이르기까지의 의식 변화에 대한 검토입니다. 다음 장에서는 후자에 대해서 보다 깊이 분석해 보기로 하겠습니다.

앞에서는 〈다프니스와 크로에〉의 아름다운 전원 소설을 분석해 보면서 거기에 그려진 소박한 육욕관에 대하여 생각해 보았습니다. 다프니스와 크로에 눈에 비친 남녀의 성은 소설의 배경인 그리스의 자연처럼 끝없이 맑게 개어 있었기 때문입니다.

성, 즉 인간의 육욕에 대해서 그들은 현재의 우리들처럼 부끄럽다거나 천박한 죄의식 같은 것을 전혀 느끼지 않았습니다. 이를테면 육욕의 세계, 에로스의 세계는 이들 두 사람의 자연아에게 있어서 마치 벌이 아름다운 꽃의 꿀을 찾는 것 같은 자연적이며 순수한 그대로였던 것입니다.

육체에 대한 욕망을 솔직한 눈으로, 순수한 감정으로 바라볼 수 있었던 그들 두 사람은 우리에게는 선망의 정념마저 불러일으키는 존재입니다.

"열정을 진정시켜 주는 건 노래도 속삭임도 아니다. 사람을 즐겁게 하는 것은 약도 아니고 그저 포옹하고 키스하고 발가벗고 함께 자는 것뿐이다."라고 노인이 가르쳐 준 그 말을 믿고 다음 날 아침 목장에서 실제 행위로 옮겨 보고자 했던 순진한 다프니스와 크로에의 모습을 떠올려 보시기 바랍니다.

그렇듯 육욕에 대해서 귀엽고 순진한 마음으로 받아들이는 그들의 모습이 우리들로 하여금 미소를 자아내게 할 뿐입니다. 현대를 살아가는 우리들은 도저히 그와 같은 순진무구한 감정을 가질 수가 없는 이기적인 존재로 순결했던 자신의 어린 시절로 돌아갈 수 없듯이 다프니스와 크로에의 마음으로 돌아갈 수 없다는 것을 의미합니다.

성이란 것, 즉 에로스는 어딘가 다소 어둡고 꺼림직한 감정이 섞여 있게 마련입니다.

자유분방하게 성의 세계를 멋대로 희롱하는 지금의 젊은 이들의 경우에도 마찬가지일 것입니다. 그들은 매우 자연스럽게 성에 도취하고 있는 것은 사실입니다.

그러나 그들의 무분별한 성적 방임은 주변에 불쾌감을 노출시킵니다. 또한, 그들은 다프니스와 크로에 같은 그 어떤 미소와 감동을 불러일으키지 못합니다. 그래서 우리들은 그들을 순수하게 생각할 수가 없습니다.

나는 우리들의 육욕에 대한 이와 같은 편견을 옳다고만은 생각지 않습니다. 왜 그런가 하면, 다프니스와 크로에의 시대에는 없었던 성에 대한 혐오감이나 죄악감 같은 것은, 오랜 동안의 사회적인 억압이나 종교적인 영향 또는 청춘의 결벽증 같은 것에서 발생하게 되는 것인데, 만약 그것이 극단으로 치닫게 되면 예측할 수 없는 위험을 초래할 수도 있습니다.

프랑스에 쥬리앙 그린이라는 작가가 있습니다. 그의 소설에 〈모일라〉라는 작품이 있는데, 이 소설의 주인공 조세프는 인간의 성과 욕망을 다프니스처럼 순진무구한 눈으로 바라볼 수 없었던 청년이었습니다.

조세프는 미국인 목회자의 집안에서 태어나 장래에 목사가 되려고 결심한 융통성이라고는 조금도 없는 성격의 젊은이였습니다. 신학대학에 들어가기 위해 그는 이상과 희망에 부푼 가슴을 안고 부모와 헤어져 북아메리카의 어떤 도시로 갔습니다.

그러나 즐거워야 할 학교 생활은 첫날부터 환멸과 혐오감만을 안겨주었습니다. 같은 하숙집 학생들의 무분별한 음탕한 화제나 무질서한 성생활은 조세프를 실망시켰습니다. 학교 생활 또한 견딜 수 없는 죄악의 온상처럼 여겨지기만 했던 것입니다.

그가 학교에서 강의를 들을 때에도 얼굴을 붉히지 않을 수가 없었습니다.

강의 교재로 선택된 셰익스피어 작품 희곡의 연애 장면이 그를 부끄럽게 만드는 것이 있습니다. 그 같은 희곡을 공부한다는 것조차 그에게는 죄악처럼 생각되었던 것입니다.

신학생 조세프는 괴로워하기 시작했습니다. 왜냐하면, 그는 그 같은 성의 세계에서 눈을 돌리려고 하면 할수록 오히려 성에 대한 집착이 무섭게 머리를 비집고 들어오는 것이었습니다.

그는 잠자리인 침대에 누울 때 자기의 발가벗은 몸조차도 보지 않으려는 소심한 남자였습니다. 다프니스나 크로에와는 달리 조세프에게 있어서 나체나 성은 더러운 것이었고, 인간의 영혼을 상처 내는 것이라고 생각했습니다. 같은 대학의 학생들은 그 같은 조제프의 태도를 보고 조소하거나 놀리기까지 했습니다. 그 조소나 놀림을 참으면 참을수록 그는 지금까지와는 달리 자기의 몸에 달라붙는 어두운 충동에 괴로워했습니다.

한편, 그의 하숙집 여주인에게는 모일라라는 요염한 딸이 있었는데, 그녀는 오랫동안 이 도시에서 떨어진 여학교에 다니고 있다가 어느 날 갑자기 집으로 돌아왔습니다. 자유 분방하고 매력적인 이 처녀는 집에 돌아오자마자 몸집은 크지만 어리석고 겁이 많아 보이는 조제프를 본 순간 충동적인 허영심과 가벼운 장난으로 그를 유혹하고자 접근하기 시작했습니다.

그러한 모일라의 모습을 봤을 때, 그만 조제프는 겁을 먹기 시작했습니다. 그녀의 여린 갈색 살갗이나 검은 머리, 짐승처럼 열정적으로 반짝이는 눈, 그런 그녀의 모습은 성경에 나오는 악녀 에바를 연상케 했기 때문입니다.

이 처녀에게 매력을 느낀다는 것은 악과 죄의 세계로 빠져드는 것이라고 생각되었습니다.

조제프는 모일라를 멀리하려고 안간힘을 다했습니다. 그러나, 그녀를 피하려고 하면 할수록 모일라는 그를 맹렬하게 쫓아오는 것이었습니다.

어느 겨울날 조제프가 외출에서 돌아와 보니 방에 모일라가 엷은 미소를 입가에 띠며 혼자 요염하게 앉아있었습니다. 돌연한 침입자에 놀란 조제프는 방문 앞에 주춤 멈춰서서 몸이 떨리는 것을 누르며 겨우 말했습니다.

"왜 남의 방에 들어왔습니까?"

"당신과 놀려고요."

"나가 주시죠."

"내보내고 싶으시다면……"

모일라는 유혹하듯 애매하게 웃으며 속삭였습니다.

"이 열쇠를 꺼내 보세요."

그녀의 옷깃 사이로 살며시 들여다보이는 볼록한 가슴의 골짜기를 가리키는 것이었습니다. 그녀는 조제프 방의 열쇠를 유방 사이에 넣어 두었던 것입니다.

순간 오랫동안 누르고 눌러온 충동을 일시에 폭발시키며 조제프는 모일라를 와락 껴안고 침대에 넘어뜨렸습니다.

다음 날 아침, 조제프는 옆에서 자고 있는 모일라를 보고 깜짝 놀랐습니다.

'내가 큰일을 저질렀구나, 큰 죄를 범하고 말았구나.'

깊은 후회와 죄책감에 대한 격렬한 공포가 가슴을 짓누르기 시작했습니다.

'이 여자 때문이야, 이 여자가 나를 타락시키고만 거야.'

그의 손은 모일라의 하얀 목을 엉겁결에 졸랐습니다. 그녀를 벌하기보다 차라리 자기가 범한 죄의 공포를 지우기 위해 조제프는 그녀를 죽여 버렸던 것입니다.

이것이 〈모일라〉라는 소설의 줄거리입니다. 그러면, 이 〈모일라〉와 〈다프니스와 크로에〉 두 작품을 비교해 보면 어떨까요.

조제프는 다프니스와 달리 인간의 성은 불결한 것, 더러운 것,

아니 그 이상의 죄악의 세계에 속한다고 생각한 젊은이입니다. 이 젊은가 주장하는 것처럼 육욕이나 성을 앞에 두고 잊어버리려고 거부하고 안간힘을 다한 후, 결국은 그 성 때문에 살인까지 저지르는 결과를 초래합니다.

이 소설에서 그 장면을 읽을 때 우리들은 전율을 느끼게 됩니다. 책을 다 읽고 나서 조제프의 과실의 원인은 도대체 어디서 온 것일까 하는 의문을 가져 봅니다. 물론 그것은 말할 것도 없이 그가 너무나도 지나치게 인간의 육체나 성에 대해 겁을 먹고 있었기 때문에 에로스의 세계를 경멸하는데 그 원인이 있습니다.

그러나 우리 현대인에게는 이 조제프처럼 극단적인 육욕 공포증 환자는 거의 없을 줄 압니다. 조제프의 경우, 그는 목사가 되고자 했던 열렬한 신교도였고, 또한 기독교의 가르침에 따라 육체와 죄의 근원적인 안목이 그 나름대로 형성되어 있었습니다. 하지만 같은 현대인으로서 그 같은 공포심을 이해 못 하는 바도 아닙니다.

그렇다면 조제프의 비극적 요인은 어디서 비롯된 것일까. 그것은 그가 인간이란 마음과 정신만으로 형성되어 있는 게 아니라 육체가 있으므로 해서 비로소 인간이 완성된다는 지극히 자명하고 간단한 사실을 잊고 있었기 때문에 생긴 과실입니다.

만일 조제프처럼 오로지 정신과 영혼만이 순수하고 바른 것이라고 생각한 나머지 육체를 악의 근원, 죄의 장소로 판단한다면 인간은 부단히 자기의 성을 증오해야 하는 이율배반의 고통을 겪어야 할 존재로 남겠지요. 그래서 조제프라는 청년은 자기와 타인과의 교섭으로 이루어지는 육욕의 세계를 증오하며 살아야 하는 숙명을 등에 지고 있었던 것입니다.

성에 대한 격렬한 증오는 결과적으로 파괴를 초래합니다. 그 파괴는 우선 자기의 육체를 대상으로 한다는 비극이 내재해 있습니다.

미국 작가 포크너의 작품에도 역시 같은 청교도의 목사가 등장하는데, 그는 매일 자기의 몸을 채찍으로 때렸습니다. 채찍으로 죄악을 지니고 있는 자기의 육체를 파괴하고자 했던 것입니다.

조제프의 경우는 더럽혀진 자기의 육체를 지우려고 한 의지보다도 타인의 육체까지도 파괴하고자 하는 충동이 일어났다는데 더 심각한 문제가 있습니다.

그가 겨울 이른 아침, 모일라의 목을 조른 것은 육욕에 대한 이율배반적인 충동이 초래한 결과입니다.

〈모일라〉라는 소설이 우리들에게 가르쳐 주는 암묵적인 교훈은 육체에 대한 극단적인 공포심, 즉 성을 멸시한 데서 비롯된 비극이라 하겠습니다.

성이란 것을 너무도 경멸하고 죄악시한다는 것은 마음과 육체 두 가지로 형성되어 있는 인간을 파괴하는 결과밖에는 안 됩니다. 파괴라는 말이 다소 지나치다면 인간의 평형을 잃어버린다는 표현으로 대신할 수도 있습니다.

내가 알고 있는 어떤 부인은 조제프 같은 종교적인 이유에서가 아니라 여자로서의 결벽증으로 남녀의 성생활을 매우 불결시하는 생각을 갖고 있었습니다.

그 부인은 한 청년을 처녀 시절에 지극히 사랑하여 마침내 결혼까지 하게 되었지만, 부부의 성생활에 견디지 못해 결국 집을 나온 가출인이 되어버렸습니다. 이와 같은 이야기는 우리들 주변에서 흔히 발생하는 사건의 한 단면이기도 합니다.

그녀의 비극은 조제프 같지는 않지만, 극단적으로 성을 왜곡시켜 생각하는 점에서는 유사성이 있습니다. 거기서부터 그녀는 삶의 평형 감각을 잃은 것입니다.

우리들은 지금 성과 육체에 대한 극단적인 죄악감이 가져온 위험에 대해서 생각해 봤습니다. 분명한 것은 성과 육체를 너무 혐오하거나 극단으로 죄악시해서는 안 된다는 결론을 말하고 싶습니다. 그렇다고 해서 성과 육체를 마음에서 떼어내어 남용해도 좋다는 그런 이야기는 결코 아닙니다. 거기에 대해서는 다음 장에서 상세히 설명하기로 하겠지만, 성과 육체는 본래부터 슬픈 운명적인 것이라고 생각하여 보면 어떻겠습니까.

프랑스 작가 프랑소와 모리악의 소설을 읽어보신 분은, 거기 씌어진 내용을 통해 육체의 세계가 마음과 영혼으로부터 단절되어 혼자 걸어간다면 얼마나 슬프고 암담한 세계로 빠져들게 되는가를 알았을 것입니다.

'아침에 호텔의 커튼이 바람에 가볍게 흔들린다. 커튼이 흔들리는 소리에 눈을 뜬 사내, 바로 옆에서 여자는 색이 바래 못 쓰게 되어버린 낡은 인형처럼 초췌한 모습으로 노곤하게 자고 있었다. 그녀의 이마에는 땀에 젖은 머리카락이 엉켜 붙어 있었다.'

그같이 육체를 교환한 뒤의 환멸적인 아침의 잠자리를 모리악은 즐겨 다루고 있는데, 성을 통해 인간의 사랑을 완전히 충족시키지 못하는 육체의 한계를 너무 잘 알고 있었기 때문입니다.

물론 이 소설을 읽어보지 않아도 알 수 있지 않을까요. 육체나 성은 그 자체로써 극렬한 도취를 가져다주기는 하나 그것이 순간적임을 생각해 볼 때 짧은 흥분이 가져다주는 허무감은 인간을 타락시키는 요인이 되기도 합니다.

육체의 기쁨, 육체의 희열은 감각적인 것입니다. 감각적인 기쁨이란 것에는 두 가지의 결점이 있습니다. 하나는 지속력이 없다는 것, 두번째는 그것을 되풀이하면 곧 싫증이 난다는 점입니다.

간단한 예로 당신이 맛있는 음식을 먹는다고 해도 항상 같은 것만을 되풀이해서 먹게 되면 곧 물리게 되는 사실을 떠올려 보면 해답은 명료해집니다.

육욕의 욕망도 마찬가집니다. 그것을 남용한다면 마침내는 성에 대한 신선한 흥미를 잃어 도취감도 점차 약해져서 단조로움과 무의미한 기교만 남게 됩니다. 그때 인간은 또 다른 극렬한 자극을 육체에서 요구하게 된다는 점입니다. 하지만 인간이 생각해 내는 육체의 자극에는 한계가 있는 것입니다.

이 육체나 성이 가지는 본래의 슬픔과 고통을 육체숭배주의자들은 생각조차도 하지 않으려고 하는 기피증까지 가지고 있습니다. 그들은 인간의 마음이나 정신보다도 오직 육체의 감각이나 자극만을 하나의 도락으로 중시하는 사람들인데,

그들의 근본적인 잘못은 육체가 주는 도취감을 중시하고 그 뒤에 따르는 비애 같은 허무함에는 눈을 돌리려 하지 않는다는 점입니다.

여기까지 우리들은 너무도 지나친 성이나 육체에 대한 공포, 그 죄악감이 초래하는 위험에 대해서 생각해 보았습니다. 그것은 육체를 남용하는 경우에 포만, 피로, 비애가 고통의 모습으로 기다리고 있습니다.

그 같은 두 가지 함정의 사이에서 육체나 성에 대해서 어떻게 대처해야 할까요?

2 / 육체의 욕망

어떤 독자로부터 받은 한 통의 편지를 소개합니다.

'선생님, 최근 저는 잡지를 읽다가 어느 독자가 상담자에게 다음과 같은 질문을 하고 있는 것을 발견했습니다. 여자들은 연애를 하면서 성의 세계에까지 허락해야 하느냐는 문제였습니다. 이 질문에 여류작가 한 분이 연애 중에는 절대로 몸을 허락해서는 안 된다고 분명하게 대답해 주었습니다. 그러나 저는 아직 그런 경험은 없습니다만, 만일 연인을 진심으로 사랑하게 된다면 마음뿐만이 아니라 육체도 주는 것이 결코 나쁘다거나 불결한 것이라고는 생각되지 않았습니다. 오히려 결혼하고 나서 몸을 허락한다는 종래의 생각보다도 그 편이 보다 순수하고 성실한 것이 아닐까 하는 생각도 가져봅니다. 진정으로 두 사람이 사랑하고 있다면 마음만이 아니라 육체까지 송두리째 모두 다 바쳤다는 그 후련함이 진실한 사랑의 꽃을 피우는 게 아닐까 생각하는데, 선생님께서는 어떻게 생각하시는지요?'

내가 이런 질문을 받은 것은 처음이 아닙니다. 가끔은 극히 예외적이지만, 내가 가르치고 있는 여학생이 심각한 표정을 지으며 그런 질문을 해올 때가 있습니다. 아마 여러분들 중에도 그러한 일에 대해 고민하고 있는 분이 있으리라 여겨집니다.

이러한 것을 노골적으로 말하기는 좀 어렵지만, 남성은 연애 중에 여성보다도 성급하게 금단의 나무 열매를 따 먹고 싶어합니다. 연인과의 애무나 키스만으로는 못마땅해 하고 그 이상의 것, 즉 최후의 선까지 몰고 가려고 합니다. 격렬한 열정이나 초조한 욕망에 사로잡혀서 말입니다.

"사랑하는데, 왜 안 돼?"

"우리들은 어차피 결혼하게 되는 사이가 아니야. 시간이 늦다 빠르다 그 차이뿐인데, 뭘 그래."

그럴 때 보통 남성들이 내세우는 주장은 거의 비등한 자기 합리화입니다.

"그럼 넌 진정으로 날 사랑하지 않는 거야. 진심으로 나를 사랑한다면 이렇게까지 거절해야 해?"

그러면 대부분의 여성들은 마음이 약해져서 흔들리고 마는 기분도 거의 비슷합니다.

연인 사이에서 그것을 그렇게까지 원한다면 아낌없이 주어서 충족케 할까 하는 여성 특유의 헌신적인 본능이 움직이게 되는 것이지요. 또는 그에게 모든 것을 바치지 않음으로써 애정이 식지나 않을까 하는 걱정도 생겨날 것입니다. 그리고 어차피 나는 그 사람을 위해 모든 것을 바치기로 했다면, 어느 때이든 상관이 없잖은가 하는 자기 설득도 해볼 것입니다.

　　솔직히 말하면, 그러한 때에 분명히 이 세상의 모든 남성들은 자기의 연인을 의도적으로 '시험해 보고자' 하는 이상심리도 작용할 것입니다. 그것이 본능적이든 무의식적이든 간에 남자들은 여성이 어디까지 자기에게 정복되어 가고 있나, 과연 굴복할 것인가를 알고 싶은 마음과 충동에 사로잡히게 마련입니다.

　　'나는 그녀의 마음을 정복했다. 그러나 아직 그녀의 육체만은 소유하지 못하고 있지 않은가?'

　　그러한 성급한 정복욕이 한시라도 빨리 상대방을 자기 것으로 소유해 버리려는 육욕으로 변하게 되는 것입니다. 그러한 일종의 이기적인 남성의 정복욕을 대개의 경우 여성들은, 남성이 자기에게 쏟는 필사적인 애정으로 착각하기가 쉽습니다. 그리고는 애처롭도록 자기의 연인을 선의로 해석하려고 합니다.

　　'진정으로 서로가 사랑하고 있다면 마음뿐만이 아니라 육체까지도 바치고 싶은 생각은 당연한 것이 아니겠어요?'라고 독자가 써 보낸 편지처럼, 그러한 여성의 선의나 애처로움 같은 것에 여러분도 공감이 가리라 생각합니다. 확실히 그러한 경우, '마음뿐만이 아니라 몸까지도 주려는' 여성의 애정은 순수한 것은 틀림이 없습니다.

또한 생각하기에 따라서는 결혼할 때까지 몸을 허락하지 않는 사람들에 비하면 성실하다고 말할 수도 있겠습니다. "그것은 절대로 불결한 것은 아니라고 생각된다"라고 한 그 독자의 말에 수긍이 가고도 남습니다.

그러나 조금은 다시 생각해 주었으면 합니다. 그야 진심으로 사랑하는 연인에게 마음과 몸을 결혼 전에 바친다는 것이 불결한 것은 아닙니다. 다프니스와 크로에의 이야기는 현대의 경우에도 적용이 될 수 있는 사랑의 방법입니다.

세상에는 금전이나 물질이란 이해관계 때문에 육체를 주는 사람도 허다합니다. 때로는 결혼이 그 같은 물질적인 동기에서 성립되는 경우도 있기는 합니다. 그러한 사람들에 비하면, 자기 헌신은 불결은커녕 성실에 가까운 것임에는 틀림 없는 마음의 상태입니다. 그러나 육체의 교섭은 앞장에서 기술한 종교가들이 생각하는 것처럼 죄악적인 것은 결코 아니지만, 성 그 자체만 가지고 볼 때는 슬픈 것입니다.

에로스라는 것 그 자체는 슬픈 감정. 그렇게 표현하면 여러분들은 고개를 좀 갸우뚱할지 모릅니다. 그러나 지금 나는 이 '슬픈 감정'이란 말밖에는 적당한 표현이 없다고 생각됩니다.

육체의 교섭은 연인들끼리는 절대로 불결하지는 않습니다. 그렇지만, 그것 역시 '슬픈 감정'을 동반하게 되리라는 것이 저의 생각입니다. 육체가 슬픈 것은 인간이라는 존재는 슬픔이란 것을 갖추고 있기 때문입니다. 육체의 교섭이 스포츠처럼 상쾌하기만

하다면 그와 같은 슬픔은 일어나지 않겠지요.

다프니스나 크로에의 시대라면 모름지기 앙금이 없는 순수한 행위일 수도 있겠지만, 그러나 한번 육체의 세계를 체험했다면 여러분은 분명히 변할 것입니다. 그날 밤의 흔적은 오로지 육체만이 아니라, 당신의 마음에도 언제까지나 사랑이었다는 흐린 기억으로 남기 때문입니다.

아니 마음뿐만이 아닙니다. 때로는 인생길에서도 또렷한 자국으로 자리매김되어 남을 것입니다.

좀더 생각이 필요할 것 같습니다. 여러분이 처음으로 사랑한 사람을 잊지 못하는 이상, 순결을 바친 사람에 대해서는 일생 동안 마음으로부터 지울 수 없겠지요. 만약에 그 사람이 당신의 인생에서 영원히 모습이 지워졌거나, 당신이 그와는 전혀 상관이 없는 세상에서 살아가고 있다 해도 그의 그림자는 소리 없이 당신의 삶의 터전 위에 그때의 농도만큼 그늘을 늘어뜨리고 있을 것입니다.

그가 남긴 애무의 자국, 그가 빼앗아 간 육체의 순결은 언제까지나 당신의 마음속에서 지워질 리가 없을 것입니다.

이것은 이른바 아무리 자존심이 강한 여성이나 매사에 적극적인 여성일지라도 어쩔 수 없는 감정입니다. 성의 세계, 즉 에로스의 세계는 오늘날 많은 사람이 가볍게 생각하는 경향이 있지만, 여성의 인생에 너무도 아픈 흔적을 남기는 불꽃과 같은 것이라는 생각에서 헤어날 수가 없는 슬픈 감정을 동반하고 있습니다.

나와 친분이 있는 어느 여성의 예를 여기서 말해 볼까요. 그 여자는 매우 쾌활하고 활발해서 언제나 많은 젊은이들에게 둘러싸여 있었습니다. 한편 그녀는 매우 야무진 데가 있고 총명해서 자기에게 애정을 속삭여 오는 젊은이가 몇 명 있었지만, 결코 결정적인 대답을 하지 않았습니다. 나는 그같이 현명한 그녀를 멀리서 지켜보면서 가벼운 호감조차 품고 있었습니다.

그녀에게 프로포즈를 한 여러 명의 청년들 중에 K군은 그렇게 뛰어난 남성은 못되었고 오히려, 난폭하고 뻔뻔한 면까지 보여주는 인물이었습니다. 그녀도 그렇게까지 관심을 갖지는 않은 것 같았습니다. 그러나 그해 여름 방학이 끝나고 새학기가 시작되자, 그녀 주위를 맴돌고 있는 한 사람인 A군을 만났을 때 뜻밖의 말을 전해 들었습니다.

"K군, 그 녀석 그녀와 약혼할 것 같습니다."

라고, A군이 다소 흥분된 어조로 말했습니다.

"그것도 그녀가 먼저 청혼했다나 봐요."

"아니 그게 정말인가? 믿기지 않는데⋯⋯"

그러면서 내가 머리를 갸우뚱했더니 A군도 조금은 못마땅한 표정을 하며 퉁명스럽게 말했습니다.

"K군, 그녀석 정말 배짱이라구요. 여름에 모두 산중호수에 캠핑 갔을 때 거의 폭력으로 그녀를 자기 것으로 만들어 버렸거든요. 그러자 그녀는 K군과 절교했지만, 결국 어쩔 수 없었나 봐요."

순간, 나는 쾌활하고 당당했던 그 여학생의 표정을 상상해 보았습니다. 아, 그렇게 되어서 어쩔 수 없는 처지에 놓인 그녀의 경우를 생각하며 해답을 찾아보았습니다.

거듭 말하는 것이지만 동양 여성들은 서구의 여성에 비하면 육체나 생리에 대해서 아직은 자기 방어에 많이 미약합니다. 그 여자의 예가 그 사실을 증명하지 않습니까. 결국, 동양 여성은 한번 몸을 허락하면 상대 남자에게 어처구니 없이 무저항이 되어버리는 연약함이 잠재해 있습니다.

그녀는 주위의 다른 청년들과 비교해서 K군을 자기의 연인이나 결혼 상대로는 꿈에서조차 생각해 보지 않았을 것입니다. 그럼에도 불구하고 K군에게 육체를 정복당하고 나자, 그녀의 마음은 K군에게로 집착하기 시작한 것이 분명합니다.

가령, 그 집착이 세상의 체면이나 자기 인생의 운명에 불안한 우려를 품었다 해도 집착임에는 틀림없는 것 아니겠습니까. 어쨌든 그녀는 타의에 의해 삶의 자유를 잃고 예전의 냉정한 입장을 버리고 K군과 약혼해야 하는 슬픔을 가진 것만은 사실입니다. 그녀의 육체는 자신의 인생에 결정적인 방향을 제시한 계기가 된 것이 분명합니다.

이 여자의 실례에서 일반적인 결론을 도출해 내는 것은 물론 위험한 일이겠지만, 다음의 말은 분명히 대답할 수가 있을 것입니다.

남성에 비해 여성은 아직도 이성이나 지혜로 자신의 진퇴를 결정짓기보다 생리나 육체의 변화에 이끌리기 쉬운 존재라는 것을 입증할 수 있다는 것입니다.

동양 여성은 순결이나 육체를 상대방에게 바칠 때까지는 매우 꿋꿋하지만, 한 번 몸을 허락하면 놀라울 정도로 정신까지도 약해져 버리는 것은 아닌가 하는 우려를 가져봅니다. 이 같은 사실을 소개함으로써 여러분을 당혹케 하려는 것은 절대로 아닙니다.

결국, 내가 말하고자 하는 것은 육체를 허락했다 하여도 정신의 강인함과 자신의 의지를 잃지 않을 마음가짐만 있다면, 여성은 연인에게 몸을 주어도 되지만, 그렇지 않은 경우에는 안이하게 육체를 던져서는 안 된다는 충고입니다.

'서로가 진정으로 사랑한다면 몸을 허락한다는 건 불결한 일은 아니라고 생각됩니다.'라고 편지를 보낸 독자분도 이 점만큼은 각별히 생각해 주시기 바랍니다.

연애하는 기간 동안을 열정의 도취라고만 생각해서는 안 됩니다. 그 사랑의 시간은 두 사람이 과연 앞으로 인생을 함께 할 수 있는가를 여러 각도로 냉철하게 바라보고 판단해야 하는 시기라고 생각합니다.

그러한 중대한 시기에 상대에게 몸을 허락한다는 것은 결코 불결한 일은 아닐지라도 그것 때문에 그 냉정함과 자유를 잃을 위험이 있는 것은 예기치 않은 불행을 초래할 수 있다는 뜻입니다.

여성으로서의 본능에 의지하여 모든 것을 허락했다는 자기 헌신의 기쁨으로 그에 대한 집착이 너무 강해져서 판단력까지도 흐리게 되어 눈이 멀게 된다면 올바른 선택이었다고 정의할 수 있겠습니까.

여성에게 있어서의 육체는 가장 소중하게 간직해야 한다는 도덕적 본능은 최후의 책임감입니다.

위험한 자기 반성은 그런 감각이나 본능 때문에 육체를 허락한 상대에 대해서 필요 이상으로 집착을 하게 된다는 점입니다. 무엇보다도 집착 때문에 자기의 인생을 냉정히 판단해야 하는 이성이나 자유를 상실하게 된다는 사실을 깨달아야 합니다.

육체는 슬픈 것이라고 말했습니다. 육체가 슬픈 것은 인간이 갖게 될 사랑의 슬픔, 즉 사랑의 한계를 상징하기 때문입니다. 그 이유와 원인에 대해서는 다음 장에서 좀 더 자세하게 살펴보기로 하겠습니다.

앞에서 나는 섹스의 기쁨도 계속 되풀이 되면 시들해져 마침내는 빛깔이 바래지고 쇠퇴해져 버린다고 지적했습니다. 결혼 전에 몸을 허락해도 되는가라는 문제에 부딪혔을 때 그런 점도 고려해 주기 바랍니다.

여성과는 달리 남성의 심리 중에는 아직 미지에의 신선한 것, 신비한 것에 대한 호기심이 비상하게 강한 면이 있습니다. 왜냐하면, 그것은 남성의 본능인 정복욕을 자극하기 때문입니다. 만약 연인이 당신에게 깊이 빠져 있다면, 그것은 당신이 아직 모든 것을 그에게 보여 주지 않았기 때문이라고 생각해 주시기 바랍니다.

그런 호기심이나 정복욕을 너무 빨리 충족시켜 버리면 어떠한 남성이라도 포만감을 느끼고 한 발짝 뒤로 물러선다는 사실을 기억하시기 바랍니다.

가령 육체를 사랑하는 남성에게 준다는 것이 불결하거나 불성실한 것은 아니라 해도 너무 빨리 허락해 버린다는 것은 연애의 지혜가 없다고 봅니다. 아무리 성실하다 해도 그것은 바보에 가까운 행동이라고 나는 생각합니다.

연애를 하는 동안에는 수수께끼와 같은 미지의 부분을 서로가 사랑의 여백으로 남겨 둠으로써 새로운 도취가 생기는 법입니다. 이 도취와 호기심을 쉽사리 버리지 않기 위해서라도, 그리고 자기의 냉철한 이성과 순결을 지키기 위해서라도 결혼 전에는 에로스의 최후의 종착까지 가지 않기를 진정으로 권하고 싶습니다.

이것은 사랑의 한 가지 지혜입니다. 열정과 성실만으로는 사랑을 깨끗이 성공시키지 못할 것입니다. 그것을 풍요롭고 성숙하게 가꾸어 아름다운 열매로 맺기 위해서는 지혜가 필요합니다. 다시 한번 깊은 성찰이 필요합니다.

3 / 성性의 불가사의

얼마 전에 나는 산에 올랐습니다. 아직 날이 밝기 전에 산막의 숙소를 나와 젖빛 안개가 자욱이 낀 산속으로 발걸음을 옮겼습니다.

나와 몇몇의 친구들 외에는 아무도 없었습니다. 약간 경사진 숲길을 따라 정상을 향해 올라가니 주위가 온통 무섭도록 조용하고 나무와 바위 주위를 둘러싸고 있는 파란 이끼가 습기에 젖어 있는 땅 위에까지 가득 덮여 있었습니다.

안개에 젖은 잿빛 침묵의 숲속은 죽은 듯이 조용했습니다. 우리들의 발자국 소리 외에는 아무 소리도 들리지 않았습니다. 불현듯 나는 이 어둡고 깊은 숲에서 육욕의 세계를 떠올렸습니다. 깊고 그리고 불가사의한 육욕의 세계를 생각했던 것입니다.

앞에서도 나는 여러분에게 에로스가 가지고 있는 슬픔에

대해서 잠시 언급했습니다. 그렇다면 이 육욕의 숲속으로 좀 더 들어가 보기로 하겠습니다.

희미한 잿빛 어둠, 그리고 깊은 숲속에는 갖가지의 수수께끼 같은 여러 가지의 불가사의한 것들이 숨어서 기다리고 있는 것 같았습니다.

사랑하는 남녀들이 어째서 서로의 육체를 탐하는 것일까, 어떠한 기분으로 정신적인 애정에서 육체적인 애정으로 옮아가게 되는 것일까. 이들 남녀가 서로 몸을 나누는 심리를 분석해 보기로 하겠습니다. 물론 그것은 성의 본능이 예지하여 작용하는 것이라고 말해 버리면 그만이겠지요. 성욕을 충족게 하기 위해서라면 해답은 더 이상 발전할 수 없습니다.

그러나 인간은 단순한 동물이 아닙니다. 가령 동물과 마찬가지로 똑같은 성행위를 할 때라도 결코 성욕이나 본능적인 충동만으로는 만족할 수 없는 그 무엇을 갖고 있는 이성을 소유한 존재입니다.

이러한 말을 하는 것은 대단히 예의를 저버린 것이라고 보이겠지만, 적당한 시기에 여러분이 자기가 사랑하는 남자에게 몸을 바치려고 한다면, 그때 어떠한 기분을 갖게 될 것인지 가슴에 손을 얹고 잠시 상상해 보시기 바랍니다.

'모든 것을 바친다', '마음도 몸도 다 바친다'라는 해답에 이르게 될 것입니다. 바로 그것입니다. 그 기분입니다.

'모든 것을 바친다.'는 의미는 마음만이 아니라 육체며 정신까지도 사랑하는 사람에게 아낌없이 바친다는 기분을 바꾸어 말하면 연인으로부터 '소유당하고 싶다'라는 감정입니다.

연애라는 것은 그 한마디의 말로 단정하듯 사랑하는 사람의 모든 것을 소유하고자 하는 강렬한 욕망입니다. 일부분만이 아니라, 상대의 모든 것을 자기의 것으로 만들고자 하는 충동입니다. 애정이 깊어가면 갈수록 그 충동의 밀도는 더욱 강해집니다.

'상대의 마음만으로는 부족해서 그 육체까지도 자기의 것으로 만들고 싶다. 그녀의 모든 비밀까지도 나의 것으로 만들고 싶다. 나만은 그 여성의 전부를 소유하고 싶다'라는 강렬한 욕망에 사로잡히는 것은 당연하다 하겠습니다. 이 소유의 욕망이야말로 에로스 세계로의 시작이자, 그 끝이라고 말하고 싶습니다.

이야기가 다소 궤도를 벗어났지만, 좀 더 인내심을 갖고 들어주시기 바랍니다. 연애 심리 속에 숨어 있는 소유욕과 소유하고자 하는 과정을 보다 여러분에게 이해시키기 위해서 나는 두 가지 예를 들어보겠습니다.

첫번째 예는 육체적인 사랑을 충족하고자 할 때 남자는 여자의 옷을 차례로 벗길 것입니다. 그 옷을 벗기는 남자의 심리는 사랑하는 사람의 비밀을 탐험한다는 희열이 담겨 있는 것입니다.

그 여성이 옷을 입고 있음으로써 다른 사람들에게 노출되지 않고 있던 그녀만의 비밀, 어느 누구에게도 절대로 허락하지 않은 순결을 자기만이 소유할 수 있다는 기쁨이 숨어 있는 것입니다. 그가 구하고 있는 것은 연인과의 섹스뿐만이 아닙니다.

왜냐하면 섹스라는 것은 하나의 상징에 지나지 않기 때문입니다. 사랑하는 여자의 비밀이나 고독은 상징에 지나지 않습니다. 상대방의 섹스를 앎으로써 남자는 그녀의 비밀이나 고독까지도 자기 것으로 만들어 버릴 수 있다는데 희열을 느낍니다. 마침내 그 정복의 기쁨이 육욕으로 표현되는 것입니다.

두번째 예는 한층 더 극단적인 것이지만, 여러분들은 가끔 신문이나 잡지를 통해 사디즘sadism이라든가, 마조히즘masochism이라는 어휘를 보았을 것입니다. 사디즘이나 마조히즘은 변태 성욕의 두 가지 형이지만, 육욕 중에서도 가장 극단적인 형태로 나타난 것의 표현이라고 생각하면 됩니다.

사디즘은 다소 기분이 나쁜 낱말이지만, 가학적 성욕이라고나 할까, 자기의 연인을 정당한 형태로 사랑하지 않고 난폭한 폭력을 가하거나 학대하지 않고서는 즐길 수 없는 충동의 행위입니다.

마조히즘은 그 반대로 상대방으로부터 자신이 학대 받거나 모욕 당하고 싶은 가학적인 욕망입니다.

그러나 모범적이고 건전한 여러분에게는 그 같은 무서운 이상심리는 절대 없을 것이라 생각도 되지만, 정신분석 학자의 조사에 의하면 그와 같은 심리적 요인은 정도의 차이는 있을지 몰라도 누구에게나 마음속에 잠재해 있다고 정의하고 있습니다.

어쨌든 그것은 별개로 하고 사디즘과 마조히즘을 편파적으로 혐오하지 말고 적극적인 자세로 생각해 보면 어떨까요. 상대방을 학대하고자 하는 사디즘의 성적 심리는 바꾸어 말해서 상대를 완전히 지배하려는 감정의 표현입니다.

상대의 자유를 인정치 않고 자기의 생각에 따라 조정하는 물건처럼 만들려는 비현실적인 강렬한 욕망입니다. 이 절대적인 지배욕이 극렬한 감정으로 나타나는 현상이 바로 사디즘의 충격입니다.

한편 마조히즘은 그와는 반대로 상대로부터 완전히 지배당하고 싶은, 즉 그가 시키는 대로 하고자 하는 바램이라고 할 수 있습니다. 구타와 도구로 매를 맞아 학대당하면 어떤 사람이든 화를 내는 것은 당연합니다. 상대방이 아무리 사랑하는 남자라고 할지라도 기피하고 싶은 것입니다.

그 분노하는 마음과 혐오감조차 갖지 않고 상대방의 뜻대로 생명이 없는 물체나 도구처럼 취급당하기를 원하는 그 감정을 마조히즘이라고 합니다. 사디즘이나 마조히즘은 분명히 우리들로서는 이해가 안 되는 이상한 성적 심리지만, 그러나 잘 생각해보면 우리의 내면에 잠재하고 있는 '사랑하는 자의 모든 것을 소유하고 싶다.', '사랑하는 사람에게 자신의 전부를 소유당하고 싶다.'라는 연애 감정이 극단적인 형태로 나타난 결과입니다. 그렇듯 육욕이 행동으로 모습을 보인 것이 사디즘이라든가 마조히즘이라고 말할 수 있습니다.

여기서 내가 말한 뜻을 여러분들은 대략 이해하리라 믿습니다. 육욕이란 결국 사랑하는 사람들이 서로 상대의 모든 것을 소유하고자 하는 바램이며, 한편으로 상대방에게 자신의 전부를 주고자 하는 욕망입니다.

인간은 마음과 육체로 성립되는 존재이므로 상대방의 마음만을 소유한다 해도 무엇인가 모자란다는 생각을 갖게 되는 것입니다.

상대의 육체를 통해 사랑을 확인하고 싶다는 강렬한 바램이 결국 두 사람을 껴안게 하고 육체의 교섭을 나누게 합니다.

그러나 다음과 같은 의문을 여러분은 가질 것입니다. '과연 마음과 육체에 의해 상대의 모든 것을 소유할 수 있는 것일까?'라는 점입니다. 왜냐하면, 인간의 애정이란 심술궂은 본능이기 때문입니다.

당신은 연인의 모든 것을 원하겠지만, 어느 정도까지 상대로부터 사랑의 증거를 포착했다 해도 그것만으로는 만족하지 않을 것입니다. 무엇인가 더 갖고 싶고 더 강한 확신을 원하게 될 것입니다. 바꾸어 말하면 당신의 연인에 대한 소유욕은 본능적으로 끝이 없다는 것을 확인하고 싶은 것입니다.

첫 만남의 연인들은 정신적인 사랑의 증거만으로도 만족합니다. 그러나 시간의 흐름에 따라 그것만으로는 부족하다는 허전함을 느끼게 됩니다. 마음뿐만이 아니라 서로의 육체를 접촉해 보고 싶은 소유의 감정이 생기게 마련이지요.

하지만, 그 육체의 소유욕이 충족되면 완성된 사랑에 이르게 되는 것일까요? 사랑의 탐욕에 포식되는 것일까요?

슬픈 일이지만, 그렇지가 못한 것이 사랑의 형이하학形而下學입니다. 육체 관계를 맺은 뒤의 허탈 속에는 '아직 상대방의 모든 것을 소유하지 못했다.'라는 사랑의 쓸쓸함이 은밀히 숨겨져 있는 것입니다. 그야 처음에는 그렇지 않았겠지만, 점진적으로 육체의 사랑을 되풀이함에 따라 조금씩 어두운 그늘이 스며들기 시작합니다. 이 적막함을 거꾸로 말하면 인간의 내면에서 생기는 애욕의 심술이란 말로 표현할 수 있는 이율배반적인 것입니다.

우리의 육체가 늘 외로운 것은 그 때문입니다. 육체의 한계와 그 불만을 연인들로 하여금 느끼게 하는 것은 끝없는 충족의 욕구 때문입니다. 물론 쓸쓸함만은 아니지요. 생각해 보면 에로스의 세계에 내재해 있는 불가사의한 점을 알 수 있을 것입니다.

현대인들로부터 때로는 멸시당하고, 가볍게 희롱당하는 그 육욕도 깊이 파고 들어가면 인간의 불완전함과 그 한계를 우리들에게 가르쳐 주기도 하는 속성이 엿보이기도 합니다.

정신적 사랑, 즉 마음의 사랑만으로 연인들은 만족할 수가 없습니다. 그렇다고 육체적 사랑을 실천해 봐도 어딘가에 깊은 불만이 남아 있고 공허함이 숨겨져 있게 마련입니다.

불타버린 육체는 쓸쓸한 모습일 뿐입니다. 그렇다면, 우리들은 그럴 경우 어찌해야 하는 걸까? 자, 그 문제를 다음 장에서 생각해 보기로 하겠습니다.

4 / 남성의 성

　내가 잘 알고 있는 여성이 이런 불만을 거침없이 토해냈습니다.

　"남자란 정말 불결해요. 어떻게 해서 좀 알게 되면 금방 몸을 요구해 오는지 몰라요. 남자들은 정신적인 사랑은 못하는 거 아니예요?"

　'남자란 정말 불결해요.'

　여러분들 중에도 가끔 이러한 생각을 하는 분이 있을 줄 압니다. 잠시 눈을 밤의 거리로 옮겨 보면 여성의 몸을 돈으로 사려고 방황하고 있는 남자들의 그림자를 발견하게 될 것입니다.

　그들의 짐승처럼 음탕하게 번득이는 눈을 보게 되면 틀림없이 여러분들은 혐오감을 갖게 될 것입니다. 어째서 남자들은 그처럼 정욕에 사로잡히는가, 이 점에 대해 청순한 젊은 여성들은 남성이라는 존재에 대하여 환멸과 비애 같은 것을 품게 될 것입니다. 그러나 아무리 환멸을 느낀다 해도, 비애감을 품는다 해도 여성 여러분은 사랑의 대상으로서 그 같은 남성을 선택하지 않으면 안 되는 숙명적인 존재입니다. 이 땅에는 단지 두 가지 성, 남성과 여성 밖에는 없기 때문입니다.

'남성과 육욕'이라는 문제는 그렇기 때문에 운명적으로 여성과 직접적으로 관계가 있는 것입니다. 이 문제에 대해서 같이 생각해 보기로 하겠습니다.

첫째, 남자는 여자보다 젊은 시절을 거센 정욕과 싸우지 않으면 안 되는 존재입니다. 이것이 '남성과 육욕'에 있어서의 불가분의 관계입니다. 여러분의 남동생을 잠시 살펴보시기 바랍니다. 자기의 남동생을 언제까지나 귀여운 어린애나 순진한 소년으로 생각하고 싶은 것이 누나의 기분이지만, 지금은 누나의 입장이 아니라 한 여성으로서 그를 관찰해 보기 바랍니다.

만약 남동생이 여드름이 나기 시작하고 목소리도 점차 변성이 되어 어른처럼 되었을 때, 남자인 그가 돌연 괴로워하게 되는 것은 자기의 육체를 꿰뚫고 지나가는 어두운 폭풍 즉, 정욕이란 거센 바람 때문입니다.

거기에 비하면 같은 연령의 여자들에게 몸의 변화가 있다 하더라도 그것은 어른이 되기 위한 전조일뿐 육욕으로 괴로워 하는 감정과는 깊은 관계가 없습니다.

그러나 남자는 다릅니다. 그가 어른이 되는 전조는 육욕의 충동으로부터 시작이 됩니다. 낮이든 밤이든 그 같이 갑작스럽게 몸부림을 쳐야만 하는 이유조차도 알 수 없는 파도같은 욕망을 어떻게 억제하며 대처해 나가야 할지 안타깝기만 할 것입니다.

나이가 차면 소녀들은 육체적으로도 아름다워지는 데 비해, 소년들은 여드름이 나고 변성이 시작되고 점차 추해져 갑니다. 더 불행한 것은 사내아이들은 자신이 추하다고 생각하고 있다는 점입니다. 지금까지는 귀여운 소년이었던 자기가 어느 사이에 얼굴도 몸도 보기 흉하도록 변한 것에 스스로 놀라게 됩니다.

그들은 열등감과 수치심, 이 모두를 자기의 육욕과 결부시켜서 생각해 버립니다. 몸속에서 꿈틀거리고 있는 정욕은 자기도 어찌할 수는 없는 욕망입니다. 그들은 이 굴욕감으로부터 벗어나기 위해 난폭한 행동으로 표현하기도 하고 같은 또래의 여학생을 이유없이 집적거리거나 놀려 대기도 합니다.

이런 사실은 나 혼자만의 생각이 아닙니다. 의학적으로도 남성의 정욕이 왕성해지는 때가 17, 18세라는 설이 있습니다. 거기에 비하면 여성은 육욕이 무엇인지를 알게 되는 나이는 27, 28세 이후라고 합니다. 남성은 10대에 이미 그 같은 정욕의 어둡고 광폭한 폭동으로 하여 괴로워합니다. 그러나 여성은 그 연령에 비교적 평화롭고 조용한 젊음의 계절을 마음 편히 즐길 수가 있다는 것입니다.

여러분이 이제부터 연애를 하려고 하거나 현재 연애를 하고 있다면 잘 생각해 보아야 할 문제입니다. 이렇게 말씀드리는 것은 여러분들이 '남자는 정말 불결해요. 어째서 정신적인 연애를 할 수 없는지 몰라.'라고 비난한다 해도, 그것은 마치 건강한 사람이

병자의 마음 약함을 비웃는 것이나 다름없습니다.

여러분들이 남자들에 비해 불결하지 않고 정신적 연애만을 순수하게 추구할 수 있는 입장에 있다 해도 그것은 당신들의 마음이 훌륭해서라든가, 이성이 강하다는 증거와는 별개인 것입니다.

한편 그것은 생리적으로 전혀 다른 남녀의 차이에서 오는 것이니만큼 비난을 하거나 오해를 해서는 안 됩니다. 바꾸어 말해서 그 같은 단순한 사실로 하여 남자를 하찮게 생각해서는 안 된다는 것을 말하고 싶습니다.

둘째로, 남자의 육욕은 애정을 느끼지 못하는 여자한테서도 일어날 수 있으나, 여성의 욕구는 정신적으로 애정을 느끼는 남성에 대해서만 일어난다는 사실을 보다 쉽게 설명해 드리기 위해 어떤 한 젊은이에 대한 이야기를 소개하겠습니다.

그는 내가 알고 있는 청년이 아니고, 어느 저명한 작가의 집에 자주 출입하는 젊은이였습니다. 이 청년에게는 마음으로부터 사랑하는 한 여성이 있었습니다만, 그녀에게 그는 절대로 몸을 요구하는 일이 없었습니다. 그러나 굳이 말씀드리는 점은 그 여성과 사랑을 속삭인 뒤 청년은 솟구치는 육욕을 억제할 길이 없어 창녀를 찾아가곤 했다는 사실입니다.

정신적인 애정과 정욕과의 기묘한 분리, 이것을 젊은 여성들은 도저히 이해할 수 없을 것이나 모든 남성은 생리적으로 그같이 되어 있음을 알아야 합니다.

이 청년의 경우 자신의 약혼자를 아끼는 나머지, 자기의 정욕으로 하여 결혼 전에 더럽히고 싶지가 않았던 것입니다. 그래서 그는 주체할 수 없는 정욕을 창녀를 찾아가서 배설하지 않을 수 없었던 것입니다.

나의 개인적인 견해로는 그와 같은 방법으로 여자를 차별하는 청년의 이기주의적인 사고방식을 그다지 좋게 생각하지는 않지만, 그의 마음만은 이해할 수 있을 것 같습니다. 그러나 여성 쪽에서 이같은 이야기를 들으면 눈살을 찌푸릴 것은 분명합니다.

"어머, 불쾌해. 사랑하지도 않는 여자하고 그런 짓을 태연히 할 수가 있을까요?"

라고 부정하겠지요. 그러나 남성의 경우는

"곤란한 얘기지만 있을 수 있는 사실이니 어쩌겠습니까. 남자는 사랑하지 않는 여성한테도 얼마든지 정욕을 느낍니다. 정욕은 본질적으로 사랑과 상관 없는 상황에서도 일어날 수 있는 행위이니까요."

한 예로 누드 쇼를 관람하는 남성들을 한 번 생각해 보시기 바랍니다. 무대에서 춤추거나 몸을 이리저리 꼬고 있는 벌거벗은 여자는, 그것을 보고 있는 남성의 연인도 어느 누구의 대상도 아니잖습니까. 그러나 남자들은 그것을 보기만 해도 육욕을 느낄 수가 있습니다.

어떤 스트리퍼는 이렇게 말합니다.

"관객 중에는 우리들을 추한 눈으로 보는 사람이 많죠."

라고 불평을 늘어놓고 있었지만, 그것은 불평을 늘어놓는 쪽이 잘못이지 남자는 사랑하지 않는 여성일지라도 육체적인 욕망의 대상으로서 바라볼 수 있다는 존재라는 것을 알아야 할 것입니다.

스트리퍼뿐만이 아닙니다. 세상의 유부녀들은 자기의 남편이 술자리 뒤에 나쁜 친구의 유혹에 빠져 창녀와 바람 피운 사실을 알았을 때 두 사람의 결혼 생활은 물론 자기의 전 생애까지도 배신당하기나 한 것처럼 괴로워하는 여자도 있습니다만, 그것도 남자의 생리 구조 자체를 안다면 그같이 절망할 필요는 없을 줄 압니다.

남자에게 있어서 바람기라는 것은 정신적 애정과는 별로 관계 없는 감정입니다. 바람기는 결코 좋은 것은 아니지만, 가령 남편이 하루 저녁 바람을 피웠다 해도 그것은 아내를 사랑하지 않는다는 것과는 다릅니다. 단지 일시적인 충동을 이기지 못하여 아내가 아닌 다른 여성의 육체를 가까이했을 뿐이라면 이해의 변명이 되겠습니까.

거기에 비하면 바람기 있는 여성의 경우는 별로 없습니다. 어쩌다 엉덩이가 가벼운 여성을 제외하고, 유부녀가 자기의 남편 이외의 남성과 육체적인 관계를 맺었다면, 그것은 바람을 피우는 것이 아니라 또 다른 애정 행각을 의미하는 것입니다.

왜냐하면 여성은 사랑하지 않는 남성하고는 육체적인 교섭을 원치 않기 때문입니다. 여성이 남편 이외의 남성과 접촉할 때는 '남편과 이 남자 둘 가운데 어느 쪽을 사랑하고 있는가?'라는 절실한 문제에 대하여 갈등을 겪는 시련이 따릅니다.

여성이 바람을 피운 경우에는 최후까지 가지 않으면 안 되는 고통스런 운명이 가로 놓여 있기 때문에 그것까지도 감수해야 하겠지만, 남성 경우의 바람은 여성처럼 절실한 중압감 같은 것에 얽매이지 않는다는 사실을 알고 있어야 할 것입니다.

어쨌든 남자는 여성보다 육체적인 사랑의 문제가 가볍게 처리되게끔 생리 구조가 되어 있다는 것을 인정해야 합니다.

셋째로, 여성은 남성과 달리 육체적인 욕망으로 하여 운명까지도 바뀌어지는 존재입니다. 남자는 육체적인 욕망 때문에 괴로워하는 일이 여성보다 많지만, 그 육체적인 행위로 하여 운명이 좌우되지는 않습니다.

남자가 사랑하지도 않는 여자를 돈으로 사서 하룻밤 자기의 욕망을 충족시켰다고 합시다. 욕망이 충족된 뒤 그는 그 사실을 잊으려고 하면 얼마든지 지울 수가 있습니다. 만약, 그가 성실성도 없고 비양심적인 탓이라면 그같은 행위조차도 일종의 가벼운 놀이로 생각할 수 있을 것입니다. 하지만 여성은 그 행위의 결과에 따라 책임을 감당하지 않으면 안 됩니다. 임신하는 것도 그녀, 출산의 고통과 희열을 동시에 맛보는 것도 여자의 몫입니다.

이처럼 관계를 맺은 후 그 뒤처리는 모두 여성이 감내하게 마련입니다. 한편 다수의 남성은 그 일과는 상관없는 세계로 마음만 먹으면 얼마든지 도피할 수가 있습니다. 그러므로 여러분은 남성과 여성의 육체적인 욕망이 같은 조건에 있다고 생각해서는 안 됩니다. 남녀동등권이란 그 같은 경우에는 절대로 없다는 것에 유념해야 합니다.

최근 어떤 여류 작가가 육체적인 욕망은 남녀동등하다고 말한데 대해, 나는 코웃음을 치지 않을 수 없습니다. 여자는 남자에 비해 육체적인 욕망에 대해서 절실하기보다는 중대하고 엄숙한 입장에 놓여 있다는 것을 간과해서는 안 됩니다.

그것은 우리들이 지금 함께 생각하고 있는 바람기라는 문제 하나만 가지고도 수긍이 가고도 남을 것입니다. 그러므로 여성들은 결코 육체적인 욕망을 경솔하게 취급해서는 안 된다는 것이 나의 충고입니다.

이것은 도덕적인 측면에서 말하고 있는 것이 아니라 이해 득실의 입장에서 말하고 있는 경고입니다. 남성이라는 존재는 때로는 순진하고 귀여운 면도 있지만, 대부분은 독선적이고 이기주의적인 성격의 소유자가 많습니다.

가령 당신의 연인이 사랑한다고 속삭이면서 육체 관계를 요구한다면 입맞춤이나 애무 정도는 몰라도 최후의 선만은 넘지 않는 것이 당신을 위해서 좋은 최선의 선택이라는 것을 명심하기 바랍니다. 그렇다고 해서 '남성은 불결해'라고 경멸하거나 환멸을 느낄 것까지는 없습니다.

다시 말해서 여성이 정신적으로 순결할 수 있는 까닭은 정욕의 충동에 사로잡히는 일이 남성에 비해 강하지 않은 생리적 이유 때문이지, 결코 남성보다 자제력이 강해서가 아님을 알아야 합니다.

5 / 여성의 성

　일반적으로 여러분의 남자 친구나 연인들이 갈구하는 육체적인 욕망은 여성의 그것과는 따르며, 남성의 성적 욕구는 정신적인 애정과 반드시 일치된다고 볼 수 없다는 것입니다.

　사람에 따라서는 연인이 아닌 다른 여성과 섹스하는 것에 대해 혐오감을 느끼고, 그런 행위를 거부하는 순정파 청년도 있습니다. 그러나 그런 경우에도 자신의 의지나 이성의 힘을 빌리지 않으면 힘겨운 자기와의 다툼입니다. 그러므로 남성들이 연인을 위해서, 즉 사랑하는 여성을 위해 자기의 순결을 간직한다는 것은 대단히 힘든 일입니다.

　그에 비해 젊은 여성이 자기의 순결을 지킨다는 사실은 그다지 힘들지는 않겠지요. 왜냐 하면, 여성들은 정신적으로 사랑하지 않는 남성에게는 그다지 성욕을 느낄 수 없는 존재이니까요.

가까운 예로, 버스나 전철 같은 장소에서 알지도 못하는 남성에게 몸이 닿게 되는 경우, 그 혐오감과 불쾌감은 말로 다 표현할 수가 없었음을 여러분들은 때로 경험하였을 것입니다.

지금까지 단순한 남자 친구에 지나지 않던 사람에게서 갑자기 육체 관계를 강요당했을 때 치미는 분노를 억누른 채 몸을 떤 적도 있었겠지요.

그와 같은 혐오감이나 분노는 남성의 경우에도 일어날 수 있지만, 그 차이는 여성과는 비교가 안 되게 미약함을 느낄 것입니다. 남성의 그런 점, 육체적으로 여성에 비해 불결하다고 여기에서 밝히면 똑같은 남성의 자격으로 배신자라고 욕을 먹겠지만, 그게 사실이므로 어떻게 변명을 할 수 있겠습니까.

젊은 여성의 결벽증은 정신적인 사랑과 육체적인 욕망의 일치에서 생겨나는 것입니다. 창녀들을 눈여겨 보시기 바랍니다. 그녀들의 삶이 '고통의 세계'라고 하는 것은 그 생활이 고역스런 것뿐만이 아니라, 사랑하지도 않는 남자에게 몸을 팔아야 생계를 유지할 수 있으므로 무슨 즐거움이 있겠는가 하는 역겨움 때문에 그렇게 말하는 것입니다.

세상에는 자진해서 많은 남성과 육체 관계를 맺는 변태적인 여성도 있기는 합니다. 그러나 그런 여성도 성적인 쾌락을 얻기 위해서는 사랑의 분위기를 억지로 만들어 놓고는, 그것이 거짓일망정 남성이 사랑의 고백을 해 주기를 바랍니다. 그래야 그 행위에 도취할 수 있게 되는 것이니까요.

그러나 남성의 경우는 그러한 연출이나 분위기와는 전혀 다른 행위일 뿐입니다. 왜 그럴까요? 거기에 대해서는 좀 더 구체적인 설명이 있어야겠지요.

프랑스의 한 여성 철학자는 육체를 교환할 때 여성은 남성과는 달리 육체적인 고통을 받는 경우가 많다고 설명하고 있습니다. 그리고 거의 대부분의 여자들은 남성에 의해서 비로소 육체적인 욕망에 눈을 뜨게 되며, 그렇기 때문에 여자들은 남자보다 열등한 위치에 놓이게 된다는 것입니다.

여자는 자기가 정신적인 애정을 느끼는 사람이라면 고통과 희생을 참아낼 수 있으며, 그렇지 않은 경우에는 혐오감과 증오감 밖에는 느끼지 못한다고 그 여성 철학자는 말하고 있습니다.

어쨌든 그 이유를 여러 형태로 말할 수는 있겠지만, 다음의 사실만은 확실하다 하겠습니다.

남성은 육체적인 욕망을 일시적으로 충족시킬 뿐 그 행위로 인해서 자기의 운명이나 장래까지 큰 영향을 받는 일은 없습니다. 그러나 앞에서도 말했듯이 여성이 상대 남성에게 몸을 맡긴다는 것은 자기의 운명이나 장래까지도 맡긴다는 절실한 의미가 내포되어 있습니다. 그 이유는 여성은 남성과는 달리 임신, 출산 등의 부담을 가지고 있기 때문입니다.

여성의 경우, 육체적인 행위는 남성처럼 한 번으로 끝나는 것이 아니라 몸과 마음에 영원히 지울 수 없는 자국으로 남게 되는 것입니다. 그런 이유로 여성이 육체적인 욕망에 대해서 지나치게 결벽을 주장하게 되는 이유가 되겠습니다. 일종의 자기방어 본능이라고도 할 수 있습니다. 여성이 몸을 바친다는 것은 그만큼 정신적으로도 그 남성을 사랑한다는 결정적인 증거입니다.

그런 것은 이미 남성들도 다 알고 있다고 여러분은 생각하실 것입니다. 잘 알고 있는 사실을 새삼스럽게 설명하는 자체가 쓸데없는 일일는지 모르나, 우리는 이미 알고 있는 사실을 가볍게 잊어버리고 있는 것이 아닌지 한번쯤 다시 생각해 볼 필요가 있을 것입니다.

가까운 예로, 여러분은 '성에 있어서의 남녀동등권'이란 말을 주장할 수 있을 것입니다. 다소 자유분방하고 개방적인 여성이라면 성적으로도 남자와 같은 자유를 주장하기도 합니다. 한 걸음 앞서 젊은 여성들 중에도 의외로 그와 같은 동등권을 실천하려는 사람이 많다는 것을 알 수 있습니다.

하지만 앞서 말한 성에 대한 남녀의 차이를 상기해 주시기 바랍니다. 에로스의 세계에 대해서 남녀는 결코 같은 자질이나 조건을 갖고 있지 않다는 것을 염두에 두시기 바랍니다.

현대인들이 주장하고 있는 '성에 있어서의 남녀동등권'은 남녀의 구조적인 차이점을 인정하지 않으려는 데서 나온 행동이 아닌가 하는 의구심이 있습니다.

육체적인 욕망에 대한 남성과 여성의 본능이나 감각의 차이점은 아무리 여성이 남성과 같은 사회적인 권리를 갖게 되는 시대가 온다 해도 결코 변함이 없으리라 생각됩니다.

그렇다면 이런 사실을 염두에 두고 '여성으로서의 성'을 생각해야 하는 것이 정답이 아니겠습니까.

이런 말씀을 드리면 여러분은 여성을 남성 밑에 두려는 봉건주의자의 횡포 같은 발상이라고 공격하고 싶은 마음도 갖고 계실 것입니다. 아닌 게 아니라, 어떤 여학교에서 그런 말을 했다가 예외 없이 공격을 받은 일이 있습니다.

용감한 여학생 몇 명이 나를 둘러싸더니,

"말씀 중에는 시대에 뒤떨어진 냄새가 있어요."

"생각이 지나치게 보수적이예요."

그래서 난 적당한 대답을 못하고 자리를 피하기는 했습니다만, 누가 뭐래도 나의 주장은 옳습니다. 조금도 양보할 수 없습니다. 그러면, 에로스의 세계에서는 남녀동등권이란 있을 수 없는 것인가? 아니 있을 수 있습니다. 그러나 그 동등권이란 우리가 흔히 부르짖고 있는 남녀 동시론이 아니고, 남녀의 성에 대한 확실한 차이를 인정한 뒤에 시작될 수 있는 것입니다.

양자의 차이를 인정한 다음 그 능력이나 결과를 존중하고, 거기에 순응하는 일만이 남녀의 성에 동등권이 존재할 수 있는 것입니다. 그렇다면, 여성에게 있어서 남성과 다른 성의 힘이란 대체 무엇일까요? 남성이 아무리 우월감을 갖고 큰소리를 친다 해도 성적인 면에서 만큼은 능력을 발휘하지 못할 때가 있다는 것입니다.

이미 알고 계시겠지만 여성이 목소리를 높일 때는 바로 이런 경우입니다. 그뿐만이 아니라 여성은 에로스의 세계를 통해서 완성되는 존재라는 사실입니다. 성의 세계에서 여성이 모성을 갖게 되는 엄숙한 그 비밀말입니다. 여러분들 중에는 어머니나 언니가 해산하는 엄숙한 장면을 보신 분도 계실 줄 압니다.

갓 태어난 아기를 두 손으로 받아 안은 어머니의 얼굴을 떠올려보세요. 아무리 우둔한 남성이라 해도 그 순간만큼은 산모의 얼굴이 아름답고도 위엄에 차 있는 것에 놀랄 것입니다. 거기에 비해서 병원 복도를 어슬렁거리는 남자들의 무기력하고도 볼품없는 모습은 성의 세계에 있어서 나약한 남성상을 여실히 드러내주고 있는 결과가 아니겠습니까.

여성은 어머니가 됨으로써 완성됩니다. 이것은 부정할 수 없는 진리입니다. 잠시 내가 잘 알고 있는 어느 여성에 관한 이야기를 해 볼까 합니다. 이 여성은 나이 30이 가깝도록 여성과 남성의 자질과 능력의 차이를 인정하려 들지를 않았습니다.

여자 대학을 나와 잡지사에 근무하면서 남성처럼 삶을 즐기며 주위 사람들로부터 능력을 인정받으면서 열심히 자기의 삶을 즐겼습니다. 그러던 어느 날 이 여성은 전에 없이 쓸쓸한 얼굴로 다음과 같은 말을 들려주었습니다.

"저두요, 어린애를 갖고 싶어요. 어쨌든 여자의 행복은 어머니가 되는 것 아니겠어요."

나는 그때 그녀의 하소연을 들으며 이는 여성의 본능에서 나온 말일 것이라는 느낌을 받았습니다. 어머니가 됨으로써 여성은 가장 아름다운 인생의 꽃을 피울 수 있는 존재라는 사실을 입증하였습니다. 더욱이 그녀가 어머니가 되기 위해서는 성의 세계, 즉 에로스의 세계를 이해하지 않으면 안 될 것입니다.

어떤 이들이 극단적으로 말하는 죄의 상징이기도 한 성이 여성에게는 가장 아름답고 복된 길을 열어주는 행복의 문이라는 것입니다. 그 점을 여러분들도 잘 생각해 주시기 바랍니다. 남성에게 있어서 에로스는 여성의 경우와 같이 완성이나 결정적인 역할을 하지는 못합니다. 물론 남성도 에로스의 세계를 통해야만 아버지가 되는 길이 열리기는 합니다.

그러나 아버지가 되는 것과 어머니가 되는 것은 본질적으로 다릅니다. 남성도 아버지가 되는 일이 무엇보다도 기쁜 일임에는 틀림없지만, 그 자체가 궁극적인 목적이나 행복은 아닙니다. 왜냐하면, 그는 자기의 몸 안에 아기의 생명을 머물게 하고, 마침내 아기를 낳아 양육해야 하는 어머니들처럼 '어린애와 함께' 살아가지 않기 때문입니다.

하지만 여성은 다릅니다. 그녀들은 어머니가 된다는 사실을 거의 인생 최대의 기쁨으로 생각하고 있다는 것입니다. 그렇기 때문에 여성은 에로스의 세계 속에서 남성보다 더 본질적으로 살고있다고 말할 수 있습니다.

다시 말하면 성은 대부분의 남성에게는 일시적인 쾌락의 대상에 지나지 않지만, 여성은 모성으로서 완성되기 위한 보다 필연적인 인생의 발판인 것입니다.

이 발판을 소중하게 취급해야 하는가? 그렇지 않아도 좋은가? 하는 문제는 앞으로 연애를 하게 되는 여러분들의 판단과 선택에 달려있습니다. 이 '에로스의 신비에의 열쇠'에 대해서 말씀드리고 싶은 것은 매우 당연한 것인데도 잘못 생각하기 쉽다는 점입니다.

3

사랑의 심리학

1 / 사랑과 진실

17세기 중엽의 이야기입니다. 파리에 '가스콩 청년 클럽'이라고 부르는 청년 귀족 일당이 있었습니다. 군대에 소속되어 있는 그 청년들은 모두 혈기가 왕성했습니다. 그중에 시라노 드베르 쥬락끄라는 젊은 사관이 있었습니다.

시라노는 검술에 뛰어났을 뿐만 아니라, 그는 시인이자 철학자이며 음악가였고 독설가로 평판이 자자했습니다. 그렇게 다방면으로 뛰어난 자질을 갖추고 있는 시라노에게도 말 못할 고민거리가 하나 있었습니다. 그것은 그의 얼굴이 매우 못 생겼다는 점이었습니다.

불행하게도 코가 지나치게 뭉툭하고 컸습니다. 시라노는 자기의 용모 특히, 코를 조소하는 사람이 있으면 불같이 화를 냈고, 그 코를 쳐다보기만 해도 용서하지 않았습니다. 그런 경우 그는 즉석에서 칼을 뽑아 들고 휘둘러대든가, 아니면 지나친 욕설을 퍼부며 상대방을 맹렬히 공격했습니다.

시라노의 슬픔은 자신의 얼굴이 추한 까닭에 여성으로부터 사랑을 받지 못하는 그 점이 더 고통스러웠습니다. 한편 시라노는 사촌 여동생인 록산느를 오래전부터 짝사랑하고 있었습니다.

그러나 그녀에게 사랑의 열정을 품을수록 자신의 코가 마음에 걸리곤 했습니다. 한편 록산느는 사촌 오빠 시라노가 자기에게 그토록 열렬한 사랑을 품고 있으리라고는 상상도 못하고 그저 얼굴 모습은 추해도 마음씨 착한 오빠라고만 생각하고 있었습니다.

마침 그러한 때 가스콩의 청년 클럽에 크리스챤 드 누베이렛이라는 청년이 새로 가입하게 되었습니다. 크리스챤은 시라노와는 달리 미남이었습니다. 그러나 교양과 재능은 그저 평범한 젊은이였습니다. 이런 크리스챤이 우연한 일로 록산느를 보게 되자, 그 순간부터 그녀를 사랑하게 되었습니다.

한편 순진한 록산느도 처녀의 호기심으로 그의 외모에 끌리고 말았습니다.

어느 날 시라노는 이 두 사람이 서로 사랑하고 있음을 알게 되었습니다. 뿐만 아니라, 록산느는 이 사실을 오빠인 그에게 털어놓으면서 자기들을 도와 달라고 부탁까지 하는 것이었습니다. 시라노는 매우 고통스러웠습니다. 하지만, 그는 록산느를 도우려고 결심했습니다. 자기의 속마음을 숨긴 채 그녀와 크리스챤을 맺어 주려고 마음먹었습니다.

그는 그날부터 별다른 교양이 없는 크리스챤을 도와 록산느에게 보내는 연문을 대필해 주기 시작했습니다. 크리스챤은 문장력이 없어 달콤한 연애 편지는 쓰지를 못했기 때문입니다.

이런 일도 있었습니다. 시라노는 크리스챤 뒤에 숨어서 베란다에 모습을 나타낸 록산느에게 사랑의 고백을 대신해 주기도 했습니다. 크리스챤은 시라노처럼 젊은 여성의 마음을 사로잡는 사랑의 말조차 할 수 없는 숙맥의 사나이였습니다.

사실 시라노는 크리스챤을 통해서 자기의 진심을 털어놓고 있었던 것입니다. 그러나 록산느는 이러한 시라노의 속마음을 알 수 없었습니다. 크리스챤으로부터 받은 사랑의 편지도, 그가 속삭이는 사랑의 밀어도 그것이 누구에 의해 씌어진 것이며, 누구의 입에서 나온 것인지조차 전혀 눈치 채지 못했던 것입니다.

당시 프랑스는 이웃 독일이나 헝가리 같은 나라와 전쟁을 하고 있었습니다. 록산느와 시라노와 크리스챤, 이들 세 사람의 연애가 삼각관계로 표면화되기 전에 가스콩 청년 클럽은 아라스 전투에 참전하게 되었습니다.

이때 시라노와 크리스챤도 그 전투의 일원으로 투입되었습니다. 전투는 갈수록 치열했고 가스콩 청년 클럽은 차츰 사기를 잃고 있었습니다. 전장에서 크리스챤은 시라노에게 록산느에의 대한 그리움을 안타깝게 호소했고, 시라노 역시 마음속으로 그녀에 대한 사모의 정으로 애를 태우고 있었습니다.

바로 그때 이 전장에 한 대의 마차가 달려왔습니다. 그 마차에서 내리는 사람은 뜻밖에도 록산느였습니다. 그녀는 연인 크리스챤의 신변을 걱정한 나머지 달려온 것입니다. 그 먼 길을 위험을 무릅쓰고 말입니다. 크리스챤은 그때 비로소 자기가 얼마나 초라한 존재인가를 깨닫게 되었습니다. 시라노 없이는 그녀에게 아무것도 해 줄 수가 없음을 깨달았던 것입니다.

그때 크리스챤은 생각했습니다. 사실상 록산느가 사랑하는 것은 보이지 않는 시라노가 아닌가 하고 말입니다.

시라노는 그 나름 대로 이제야말로 모든 것을 그녀에게 털어놓을 때가 아닌가 결심하는 그 순간 불행하게도 적의 총탄이 크리스챤을 쓰러뜨리고 말았습니다.

하지만 전장터에서 크리스챤의 죽음을 목격한 록산느의 그 안타까워하는 몸부림을 보고 시라노는 영원히 입을 다물기로 마음 먹었습니다.

상대의 죽음을 이용해서 여자의 사랑을 가로채려는 비겁한 행동으로 오해 받기가 싫었기 때문입니다. 그로부터 15년의 세월이 흘렀습니다. 중년 미망인이 된 록산느는 파리의 수녀원에 몸을 담고 있었습니다. 시라노는 거의 하루도 거르지 않고 그 수녀원을 찾아가서 그녀에게 신문을 읽어주곤 했습니다.

크리스챤이 죽은 지 15년이라는 세월이 흐른 뒤에도, 시라노는 아라스 전장에서 결심한 것처럼 자기의 마음을 끝까지 한 마디도 그녀에게 고백하지 않았습니다. 그러므로 그녀는 시라노의 마음을 알 턱이 없었습니다.

어느 가을 저녁 황금색 낙엽이 수녀원의 뜰을 덮고 있을 때 시라노가 나타났습니다.

여느 때 같으면 약속 시간에 모습을 나타냈는데, 오늘은 웬일로 미리 와 있었고 창백한 얼굴에 뭔가 몹시 고통스런 표정을 지으며 식은땀까지 흘리고 있었습니다.

그러한 고통스러운 모습을 하고 있으면서도 그는 아무 일 없었다는 듯이 록산느를 위로하고 습관대로 신문을 읽어 주었습니다. 그러나 갑자기 그의 목소리가 신음소리로 바뀌었습니다. 사실 시라노는 수녀원에 오는 도중 길에서 중상을 입었던 것입니다. 어느 집 2층에서 난데없이 받침대가 떨어지면서 그의 머리를 내리친 것입니다.

통증을 참으면서 시라노는 록산느가 늘 가슴 속에 소중히 간직하고 있는 크리스챤의 편지를 좀 보여 달라고 했습니다.

그것은 15년 전 그가 크리스챤에게 대필해 준 사랑의 편지였습니다. 한 자 한 구절을 시라노는 모두 외우고 있었습니다. 그는 애써 아픔을 감추면서 편지를 천천히 읽어 내려갔습니다. 그 순간, 그녀의 얼굴빛이 밝게 변했습니다. 록산느는 그때서야 알아차린 것입니다. 15년 전 베란다에 서서 내려다보는 자기에게 사랑을 속삭이던 사나이가 크리스챤이 아니라는 것을 비로소 깨달은 것입니다.

그것은 추한 코를 가진 사촌 오빠인 시라노 드 베르쥬락끄였음을 알고 경악하는 찰나 시라노는 숨을 거두었습니다.

그는 자기의 생애를 걸고 사나이의 의지를 지켰던 것입니다. 이것은 에드몽 로스땅의 유명한 희곡 〈시라노 드 베르쥬락끄〉의 줄거리입니다.

시라노 드 베르쥬락끄는 실제 인물로 검술가이고 시인이기도 했습니다. 그의 록산느에 대한 사랑 이야기는 작자인 로스땅에 의해 창작되어 널리 읽혀지게 되었던 것입니다.

시라노의 사랑에서 우리들은 그의 순수한 애정에 감동되었으리라 봅니다. 그러나 감동만으로 끝나서는 안 될 것이 있습니다. 나는 이 작품을 통해 여러분과 같이 무엇인가를 생각해 보고 싶은 마음이 있습니다. 나는 그 희곡을 읽을 때마다 여러 가지 의문에 사로잡히곤 합니다.

첫째, 시라노는 왜 자신이 사랑하고 있는 록산느를 크리스챤에게 양보했을까 하는 점입니다.

여러분은 록산느의 마음과 시라노의 입장을 비교 생각해 보시기 바랍니다. 만약 록산느를 진정으로 사랑했다면 더 이상 망설이지 않고 고백했을 것입니다.

그녀를 행복하게 할 수 있는 것은 자기뿐이라는 자신감만 있다면, 설령 자기의 외모가 보잘 것 없다 하더라도 그에 구애되지 않고 진실한 마음을 털어놓았을 것이 아닌가 하는 나약함을 지적하고 싶습니다. 육체의 아름다움보다 더 큰 행복을 그녀에게 주었을 것이라고 믿고 싶습니다. 그럼에도 불구하고 시라노는 자기의 불타는 사랑을 끝까지 숨겼습니다.

둘째, 그는 자기의 사랑을 크리스챤이라는 평범하고 내세울 것도 없는 같은 부대의 후배 사관에게 양보했습니다. 만일 진정으로 그가 록산느를 사랑했다면 그 같은 평범한 남자에게 그녀를 양보할 수 있다는 것은 사랑의 본질을 외면한 작가의 의도라는 생각을 떨쳐 버릴 수 없습니다.

그런 의문을 가지면서 여러분들도 다시 한번 〈시라노 드 베르쥬락끄〉를 읽어 보시기 바랍니다.

여러분들은 그 순수한 사랑의 감동보다 복잡한 남자의 심리, 연애의 심리에 대해서 여러 가지로 생각하는 바가 있을 것입니다. 그 의문에 대한 해답은 더 이상 언급하지 않겠습니다. 여러분들의 각자 생각에 맡기겠습니다.

2 / 사랑의 생리

앞에서 나는 에드몽 로스땅의 유명한 희곡 〈시라노 드 베르쥐락끄〉의 줄거리를 소개했습니다. 이 아름다운 사랑의 이야기를 읽고 나면, 여러분에게는 여러 가지 의문이 생길 것이라고 말했습니다.

먼저 시라노는 왜 자기의 사랑을 크리스챤에게 양보했는가 하는 점입니다. 시라노가 록산느를 진정으로 사랑하고 있었다면, 자기의 마음을 털어놓았어야 할 것이 아니겠습니까.

그녀를 행복하게 해 줄 수 있는 사람은 자기밖에 없다는 생각을 갖고 있었다면, 그 애정을 관철시키기 위하여 보다 적극적으로 행동했어야 했을 것입니다.

자신의 코가 큰 것이 열등감이라 해도 그것을 대신할 수 있는 마음의 행복을 록산느에게 줄 수 있었던 것이 아닐까요. 그럼에도 불구하고 시라노는 록산느를 향한 자기의 사랑을 처음부터 체념하고 있었던 것입니다.

다음은 시노라가 스스로 사랑을 체념했다 해도 크리스챤이라는 나약한 사나이에게 왜 양보했는가 하는 점입니다. 진정으로 록산느를 행복하게 해주어야겠다고 생각했다면 보다 멋진 남성을 그녀에게 소개하거나 추천했어야 옳았을 것입니다. 이에 대해 〈사노라 드 베르쥬락끄〉를 읽어 본 독자라면 누구라도 느꼈을 것이라고 생각됩니다. 그래서 나는 그 의문에 대한 이모저모를 여기에서 밝혀 보고자 합니다.

시라노는 앞에서 말했듯이 건장하고 용맹스런 청년 장교일 뿐만이 아니라 철학과 문장력도 뛰어난 교양을 지닌 젊은 이였습니다. 그토록 머리가 좋은 남자라면, 우리가 느끼고 있는 의문점을 모를 리 있겠습니까. 알고 있으면서도 크리스챤을 록산느의 남자로 선택하게 한 것은 그 나름대로 생각과 기대감이 있었으리라 믿어집니다.

우리들이 시라노가 아닌 이상, 이 수수께끼 같은 행위와 동기를 정확히 규명할 수는 없겠지만, 우리 나름대로 판단할 수는 있습니다. 어쩌면 시라노는 자기의 추한 용모에 열등감을 품은 나머지 타인의 행복을 질투하고 있었는지도 모릅니다. 이것은 매우 슬픈 감정이지만, 우리들 마음속에도 일어나기 쉬운 분노이기도 합니다.

'내 얼굴이 밉다. 내 얼굴은 너무 추해.' 하며 자기 비하에 빠져 있는 동안 친구들은 애인과 행복에 취해 있는 모습을 보면 질투심에 견딜 수 없을 것입니다.

한편 자기가 그리워하고 있는 여성과 맺어지기 힘들다는 것을 확신하게 되면, 오히려 그 여성이 불행해지면 좋겠다고 하는, 저주까지는 아니더라도 어느 정도의 고통을 맛보게 되기를 바라는 이율배반적인 것이 사람의 심리입니다.

우리가 성인이 아닌 이상 그러한 감정이 비록 비뚤어진 생각이기는 하지만 인간이면 갖기 쉬운 심리적 갈등입니다. 여기서 우리들이 상상할 수 있는 것은 시라노 역시도 질투심에 사로잡혀 록산느와 크리스챤을 억지로 맺어준 것이 아닌가 하는 돌발적인 생각을 하여 봅니다.

말을 바꾸어 자기가 아닌 다른 젊은이가 록산느와 맺어지게 되는 경우, 그 결혼으로 자기처럼 고통을 당했으면 하는 이기적인 마음은 그녀를 행복하게 해 줄 수 있는 훌륭한 남자였다면 곤란했을 것입니다.

하지만 크리스챤처럼 얼굴은 미남이지만 머리가 별로 좋지 않은 젊은이와 그녀가 맺어지게 되면, 언젠가는 두 사람 사이에 권태기가 찾아오고 그렇게 되면 록산느는 크리스챤에게 환멸을 느끼게 된다는 것입니다.

비로소 그녀는 남자란 용모만으로는 인생의 동반자가 될 수 없다는 그러면서 시라노를 돌아보지 않은 데 대한 잘못을 깨닫게 된다는 것입니다.

독자 여러분의 생각은 어떻습니까? 불쾌하기는 하지만 부정할 수도 없겠지요.

이러한 심리를 기초로 할 때 우리들이 품었던 의문이 조금은 풀렸으리라 생각됩니다. 하지만 이러한 심리를 긍정적으로 살펴보면 〈시라노 드 베르쥬락끄〉의 후반부, 즉 죽음의 순간까지도 마음의 문을 닫고 비밀을 간직했던 그의 순정에 대한 모순을 말하지 않을 수 없습니다.

시라노는 질투나 복수에만 사로잡혀 있었던 남성이 아니었음을 발견하게 됩니다. 그렇다면 다른 면의 시라노를 살펴봐야겠습니다. 시라노는 연애하는 사람의 심리를 너무도 잘 알고 있었던 것 같습니다.

열정의 쇠함이라든가, 슬픔 같은 감정의 흐름을 너무나 잘 알고 있었기 때문에 오히려 크리스찬과 록산느를 결합시켰다고 상상할 수도 있겠지요. 열정의 쇠약함과 슬픔을 말했습니다만, 여러분들도 생각해 보면 이해하실 수 있을 것입니다.

여러분 중에는 열정의 강인함이나 격렬함을 체험해 본 분도 계실 것입니다. 그러나 그것은 열정이 사랑의 불꽃으로 이어졌을 경우겠지요. 사랑과 열정에 대한 연애론을 여성 잡지에서 자주 취급하곤 합니다만, 사랑과 열정을 혼동해서는 안 됩니다. 열정은 누구나 다 가질 수 있는 감정이지만, 사랑은 누구나 다 가질 수 없다는 점에 유의해 주시기 바랍니다.

열정은 인내와 노력으로 쌓아 가야 하는 행위가 아닙니다. 가령, 어떤 멋있는 남성을 인생의 길목에서 만나 그 사람을 잊을 수가 없게 되어 그리워한다는 것은 어느 누구도 쉽게 경험할 수 있는 일입니다. 그것은 노력이나 인내가 필요 없는 마음의 움직임이나 자연적인 감정에서 생겨나는 흐름입니다.

이것을 우리들은 열정의 발생이라고 생각하고 있습니다. 그러나 사랑은 별개의 것입니다. 사랑은 누구나가 다 가질 수 없습니다. 왜냐하면, 그것은 열정처럼 본능적인 것이 아니고, 때로는 본능을 억제하기도 하고 의지나 인내와 노력에 힘입어 사랑하는 사람과의 행복을 창조해 가는 믿음의 행위이기 때문입니다(이에 대해서는 다음 장에서 자세히 설명하기로 하겠습니다).

이처럼 열정과 사랑을 구별하여 그 빛깔을 분석해 보면 열정에는 또 다른 격렬한 감정의 불꽃이 있음을 알게 됩니다. 열정이라는 것은 깊이 고뇌함으로써 자기 자신을 태울 수가 있는 것입니다. 갑자기 빗나간 이야기를 한다고 생각하시겠지만, 이 점이 나의 연애론의 기본이며 중심임을 기억해 두시기 바랍니다.

프랑스의 유명한 작가 프루스트의 말을 빌리면 '안정은 열정을 죽이고 불안은 열정을 부추긴다.'라고 했습니다.

두 사람의 연인이 결합되면 안심하게 되고 안정을 얻게 되면 뒤이어 권태감이 찾아오게 됩니다. 이 경우는 쉽게 납득이 갈 것입니다. 어째서 안심하게 되고 안정이 되면 부부나 연인들에게는 권태가 빨리 찾아오는 것일까요? 그것은 두 사람의 열정에 고뇌나 질투, 불안이나 동요와 같은 기름을 쏟아붓지 않아도 되기 때문입니다. 열정에 안정된 연인들은 동요할 필요가 없습니다.

그러나 아직 결합되지 않은 연인들은 서로가 상대방의 애정을 탐색해야 하기 때문에 불안감을 갖고 고뇌하고 질투까지도 하게 됩니다. 불안, 고뇌, 질투가 상대방에게 더욱 집착하게 하고 열정의 불을 부채질하게 되는 것이 아닐까요. 한 번이라도 연애를 경험해 본 사람이라면 쉽게 이해하실 것입니다.

시라노 드 베르쥐락끄는 그러한 열정의 원리를 너무도 잘 알았던 것이 아니었을까 하는 생각을 가져봅니다.

'안정은 열정을 죽이고 고뇌는 열정을 타오르게 한다'

시라노는 자기의 코가 흉측하게 생긴 데 대해 괴로워하는 슬픔 속에서 어느덧 그와 같은 열정의 생리를 파악하지 않았나 하는 점을 주목해 볼 필요가 있습니다.

'록산느와 맺어지면 자기와 같은 추한 남자가 아니라 하더라도 언젠가는 권태를 느끼게 될 것이며 싫어질 때가 올지 모른다. 그렇다면 차라리 그러한 위험을 피하고 항상 그녀 가까이에서 열정을 가지고 지내는 것이 더 바람직할 것이다. 그렇게 지내려면 어떻게 해야 할 것인가. 그 대답은 그녀를 자기의 손이 닿지 않는 거리에 놓아두고 항상 고뇌하고 불안을 느끼는 동안 크리스챤에게 질투를 품는다. 그렇게 하면 그의 열정은 결코 쇠퇴하지 않을 것이며, 오히려 더 타오르기만 할 것이다.'

그래서 시라노는 크리스챤과 록산느의 결혼을 긍정했던 것입니다. 진실로 그런 마음가짐 이었다면, 록산느의 상대는 어느 누구라도 좋았을 것이라는 해석입니다.

〈시라노 드 베르쥐락끄〉의 사랑을 이렇게 해석해 보면 지금까지 우리들이 문제 삼아온 의문은 풀렸으리라 생각됩니다. 사랑의 수수께끼 같은 그 모순된 생리를 조금은 이해하셨으리라고 믿고 싶습니다.

그와 같은 사랑의 생리를 참고로 하여 우리들은 이제부터 여러 가지의 작품을 통해 시라노의 그 잘못된 애정관을 살펴보기로 하겠습니다.

시라노가 저지른 과오는 그가 너무나 열정을 강조했기 때문에 진정한 사랑을 가져 보지 못하고 옆에서 지켜보고만 있었던 것입니다. 이에 대해서는 다음 장에서 더 자세히 설명해 보기로 하겠습니다.

3 / 사랑에의 도취

　스탕달의 〈연애론〉이라는 유명한 책을 이미 읽은 독자분도
계실 것입니다. 그 〈연애론〉 속에 자주 반복되는 '결정작용'이라는
단어를 기억하십니까?

　결정작용이라는 뜻은 탄광 속에 던져진 죽은 나뭇가지가
염분의 결정작용을 받아서 마치 꽃봉오리가 달린 것처럼 보인
다는 표현으로 스탕달은 그와 같은 현상을 연애심리에 적용시켜
본 것입니다.

　설명하면 다음과 같습니다.

　당신이 누군가를 사랑하게 되면 그 사람이 하는 일, 그 사람
이 말하는 것까지 모든 것이 아름답고 훌륭하게만 보이게
될 것입니다. 심지어는 그 사람의 결점이 장점으로 보이기도
할 것입니다. 난폭한 성격도 사나이답게 생각되고 여성적인

소극성도 온화하고 달콤하게만 보이게 될 것입니다.

속된 말로 '반하면 곰보도 보조개로 보인다'고 합니다. 그 같은 연애심리를 결정작용이라고 하는 것입니다. 앞의 장에서 나는 열정의 세계에 대해서 언급했습니다만, 열정이란 것은 격렬하면 할수록 결정작용에도 용도가 큽니다. 말하자면 죽은 나뭇가지에 꽃이 핀 것처럼 지나치게 상대를 미화해서 생각하게 된다는 것입니다. 이러한 연애심리, 그것이 곧 결정작용인 것입니다.

'결정작용', 이를테면 상대방을 미화해서 생각하는 현상은 연애를 해본 사람에게는 어쩔 수 없이 일어나는 심리적인 변화입니다. 이것은 상대방에게 도취되었을 때부터 겪게 되는 감정의 흐름입니다.

하지만 도취감이 너무 지나치면 오히려 연애가 위태로워지는 조짐이라고 판단할 수 있습니다. 우리들은 그 같은 예를 도처에서 발견하게 됩니다. 여러분이 이미 읽었을 앙드레 지이드의 〈좁은 문〉을 함께 생각해 보면 어떨까요.

더 이상 설명할 필요는 없겠습니다만, 이 소설은 달콤하고도 순수한 남녀의 사랑을 그렸다고 할 수 있습니다. 그 점에 있어서는 〈시라노 드 베르쥐락끄〉의 경우와 마찬가지입니다. 여러분 중에는 이 소설을 읽고 그 내용에 매혹되어 감격한 분도 있을 것입니다.

주인공인 제롬은 어릴 때부터 몸이 허약했습니다. 그러나 공부를 잘 하는 청년이었습니다. 그는 사촌 여동생인 아리사를 이 세상에서 제일 순결하고 아름다운 여성으로 여기고 있었습니다.

아리사는 어딘지 모르게 우수에 잠긴 듯한 눈빛과 넓은 이마를 지닌 청순한 처녀였으나 가정적으로는 그다지 행복하지 못한 그녀의 얼굴에는 늘 어두운 그늘이 따라 다녔습니다.

그러한 아리사에 대한 제롬의 동정은 어느덧 사모의 마음으로 바뀌어 가고 있었습니다. 슬픔 속에서 나날을 보내고 있는 아리사를 행복하게 해 줄 수 있는 훌륭한 남자가 되어야겠다고 제롬은 마음먹었습니다.

둘이 손을 잡고 하나님의 길을 따라가기 위해서 보다 지혜롭고 마음씨 착한 사람으로 거듭날 것임을 제롬은 굳게 맹세합니다.

처음에는 아리사도 그러한 제롬의 사랑을 받아들이는 것 같았습니다. 그러나 운명의 장난은 가장 가까운 곳에서 찾아왔습니다. 그녀는 동생 줄리엣이 제롬을 사랑하고 있다는 것을 우연한 기회에 알았습니다. 하지만 동생에게 양보해야겠다고 생각하고 있는 언니의 마음을 꿰뚫어 본 줄리엣은 전혀 애정을 느끼지 않는 연상의 상인과 중매결혼을 하고 맙니다. 여기까지가 이 소설 전편의 줄거리입니다.

후편은 줄리엣의 결혼 후 다시 가까워졌다가 헤어져야 하는 숙명을 짊어지게 되는 아리사와 제롬의 사랑 이야기가 북 프랑스의 아름다운 풍경을 배경으로 하여 차분히 그려져 있습니다.

그런데 아리사의 마음에 변화가 찾아왔습니다.

'제롬은 나와 함께 손을 잡고 보람 있는 인생을 살기 위해 보다 높은 세계에 들어가고자 한다. 이렇듯 제롬이 강한 인간이라면 내 도움을 받거나 위로 받으며 인생을 걸어갈 필요가 없지 않은가. 아니 제롬이 훌륭한 인생을 걸어가는 데 있어서 내가 오히려 방해가 되는 것은 아닌지 모르겠다.'

한편, 제롬은 아리사가 이처럼 불안해 하고 있는 것을 조금도 눈치채지 못했습니다. 그는 아리사를 더욱 더 깨끗하고도 성스러운 성녀로 미화시켜 갔던 것입니다. 그는 이 여성을 사모함으로써 자기의 인생을 보다 순수하게 가꾸어 갈 수 있을 것이라고 확신했습니다. 그러한 제롬을 아리사는 사랑하면서도 헤어지는 것만이 그를 위하는 일이라고 생각하기에 이르렀습니다.

왜냐하면 천국보다 높은 이상의 세계로 통하는 문을 두 사람이 들어가기에는 너무도 〈좁은 문〉이라고 그녀는 결론을 내렸습니다.

제롬을 사랑하기 때문에 그녀는 아낌없이 이별하고 홀로 여행을 떠났다가 외롭게 죽음을 맞이합니다. 아리사가 죽은 뒤 제롬은 그녀의 환상을 더듬으며 사모하면서 일생을 독신으로 보냅니다.

이것이 그 유명한 〈좁은 문〉의 줄거리입니다. 그러나 줄거리만 소개해서는 작품의 해석이 힘들겠지요. 앞에서 감미로운 사랑을 그린 소설이라고 이미 소개하여 드렸습니다.

이 작품이 발표되었을 때 프랑스의 많은 비평가들은 아름다운 소설이라고 절찬했습니다.

그러나 이 작품을 면밀히 분석해 보면 〈시라노 드 베르쥬락끄〉처럼 우리들에게 여러 가지 의문을 던져줍니다. 작가 지이드는 아리사와 제롬의 비현실적이고 환상적인 사랑을 그리면서도, 실은 이 두 사람의 비극을 조소했었는지도 모릅니다. 그렇다면 다음의 의문점부터 살펴보기로 합니다.

제롬은 아리사를 이 지상에서 가장 깨끗하고 순결한 여성으로 여겼을 것입니다. 이를테면 연애의 심리 중에서 자연 현상으로 생겨나는 결정작용이 발동했을 것입니다.

상대를 무조건 미화해서 생각하는 맹목적인 사랑, 이것은 연애하는 사람이면 누구나 갖게 되는 어쩔 수 없는 심리일 것입니다. 이 점에 대해서 깊이 생각해 보시기 바랍니다.

물론 연애를 할 때 상대의 용모가 문제가 되는 것은 사실입니다. 사랑하는 사람에게 아름답게 보이고 싶은 것은 본능이 아니겠습니까. 되도록 아름다운 여성으로 보이고 싶을 것이고 나아가서는 마음도 착하게 보이고 싶겠지요.

이것은 남자의 경우도 예외는 아닙니다. 사랑하는 사람이라면 다 바라는 욕구이기도 합니다. 그러므로 연인들은 자기의 용모가 아름답게 보이게 하려고 애쓰는 것은 사랑의 표현 행위입니다.

한편 어느 누구보다도 강하게 보이고 싶고 자신감 있는 사람으로 보이려 하고, 보다 믿음직스런 남자처럼 행동하고 싶은 것은 당연합니다. 이를테면 있는 그대로가 아닌 실력 이상의 무엇인가를 나타내려는 안간힘은 처절한 사랑의 몸부림이라고 말하고 싶습니다.

아리사는 제롬에게 마음씨가 아름다운 여자, 순결한 여자로 비추어져서 언제까지라도 그가 환멸을 갖지 않게 하려고 애썼을 것입니다.

여러분은 그와 같은 여자의 마음을 이해하리라 믿습니다. 여러분들도 누군가로부터 사랑을 받게 되면 그의 눈에 꿈꾸는 것 같은 아름다운 여성으로 보여졌으면 하는 생각을 가지실 것입니다. 그러나 사랑의 중심에 있을 때 여러분들은 불분명한 불안을 가끔 느끼게 될 것입니다.

'우리 두 사람이 합쳐졌을 때, 그는 내게 실망하지는 않을까. 나의 있는 그대로의 모습을 보고……'

'그 사람은 나를 너무 지나치게 사랑하고 있어. 사실 나는 그가 생각하고 있는 것처럼 그렇게 아름다운 여성도 아니고 그렇게 깨끗한 여성도 아닌데도 말이야. 나는 그저 평범한 여자에 지나지 않는데……'

그렇습니다. 아리사도 분명 평범한 여성에 지나지 않았습니다. 사실 그녀는 제롬으로부터 일상적인 여자, 평범한 처녀로서 사랑받고 싶었을 것입니다. 장점만이 아니고 약점이나 결점도 동시에 지닌, 있는 그대로의 자기를 긍정해 주었으면 하는 순박함을 생각하고 있었을 것입니다.

그런데도 제롬의 결정작용은 그녀를 더욱 미화시키고 이 세상에 둘도 없는 성녀로 생각했던 것입니다.

만일 그의 화려한 꿈을 깨뜨려버리기라도 하면 제롬은 자기 자신을 포기하는 지경에까지 이르렀을 환상의 꿈속에 있었던 것입니다. 아리사는 그러한 불안 속에서 공포를 느끼며 고뇌의 나날을 보냈습니다. 이렇듯 제롬을 실망시키지 않으려는 그녀의 무리한 안간힘은 성녀라는 마스크를 끝끝내 벗을 수가 없었던 것입니다.

이럴 경우 제롬이 진정한 뜻에서 남자다운 인격을 갖춘 사람이었다면, 다른 면에서 그녀는 구제 받을 수 있었을 것입니다. 가령 이는 매우 조심스러운 표현입니다만, 그가 아리사의 육체를 원했다면 그녀는 도리어 구원 받는 마음을 가졌을 것입니다.

그렇지만 제롬은 꿈꾸는 청년이었고, 너무도 이상주의적인 남성이었으므로 육체적인 욕망을 자기의 연인에게서는 느끼지 않았던 것입니다. 그러자 아리사는 지치기 시작했습니다. 오랫동안 필요 이상으로 자신을 아름답게 가꾸고 치장하는데 진력이 났던 것입니다.

이 소설의 끝부분에서 그녀는 제롬에게 비판적인 말을 하게 됩니다. 가시 돋친 공격적인 말을 내뱉은 것도 그 때문이 었습니다.

그러나 제롬은 이런 반응들이 자기의 결정작용과 도취 감정이 자아낸 비극임을 깨닫지 못했던 것입니다.

마침내 그녀는 제롬과 작별을 고하고 혼자 고독한 여행을 떠나게 됩니다.

'제롬을 잊을 수 없다. 그러나 다시 그에게로 돌아가서 그 고

통스런 나날을 이어갈 자신도 없다.'

사랑의 막다른 골목에 다다른 아리사는 홀로 외롭게 죽어 갔습니다.

이 소설의 마지막에 다음과 같은 장면이 있습니다. 아리사가 죽고 나서 10년이라는 세월이 흐른 뒤 아직도 그녀의 환상을 떨쳐버릴 수 없었던 제롬이 아리사의 여동생인 쥴리엣을 방문하는 장면입니다. 두 사람은 석양이 스며드는 거실에서 아리사에 대한 이야기를 나누게 됩니다.

"어머, 아직도 언니를 생각하고 계세요?"

라고 쥴리엣이 물었습니다.

"아무리 잊으려 해도 잊혀지지 않는 걸."

제롬은 침통하게 대답합니다. 그러자 쥴리엣은 얼굴을 두 손으로 가리고 흐느끼다가 무심코 이런 말을 중얼거렸습니다.

"이제 그만 눈을 뜨세요. 그러지 않으면 안 돼요."

이 최후의 말은 아무 생각없이 읽어버리기 쉬우나 실은 이 소설의 의문점을 풀 수 있는 가장 중요한 대사입니다. 이 대사를 빠뜨리면 우리들은 〈좁은 문〉을 제대로 읽지 못한 과오를 저지르게 됩니다. 작가 지이드의 예리하고도 함축성 있는 비유가 여기에 감추어져 있는 것입니다.

극단적인 미화작용과 결정작용으로 연인인 아리사를 비극 속으로 빠뜨렸으면서도 제롬은 아직 그 원인을 깨닫지 못하고 있었고, 아리사가 죽은 뒤에도 아름다운 사랑은 아무도 할 수 없을 것이라는 자기 도취에 빠져 있었던 것입니다.

이 무지함, 무감각으로부터 '이젠 그만 눈을 뜨세요. 그렇지 않으면 안 돼요.'라고 부르짖는 쥴리엣의 절규는 이런 것이었습니다.

'언니 아리사를 죽인 것은 바로 당신이었어. 그걸 아직도 모르고 있다니, 이건 너무해.'

이와 같은 분노와 한이 서린 말이었을 것입니다.

〈좁은 문〉과 〈시라노 드 베르쥬락끄〉는 감미롭고 순수한 사랑을 주제로 한 소설이지만, 실은 슬픈 사랑의 막다른 골목을 표현한 것입니다.

물론 사랑에는 도취나 미화작용이 필요할 것입니다. 왜냐하면, 그런 요소가 없으면 연애는 성립되지 않습니다. 하지만 그것이 극단에 이르면 그와 같은 비극이 생기게 됨을 〈좁은 문〉에서 우리들에게 보여주고 있습니다.

그러면 어찌해야 사랑의 문을 열 수 있을까요? 이것을 다음의 장에서 생각해 보기로 하겠습니다.

4 / 사랑의 거부

앞장에서 우리들은 지이드의 〈좁은 문〉을 읽고 그 비극적 종말은 너무 사랑에 도취했기 때문에 일어난 사건이었음을 깨달은 것입니다. 상대방을 지나치게 미화해서 생각한다는 것은 비극의 시작이라는 사실도 간파했을 것입니다.

여기서 나는 앞장의 결론을 다음과 같이 내려볼까 합니다.

'연애를 하는데 있어서 도취나 미화작용은 필요한 조건이다. 그것이 없으면 연애는 성립되지 않는다. 그러나 너무 극단적으로 치닫게 되면 비극을 초래한다. 그렇다면 그 해결 방법은 무엇인가? 그 반대의 경우는 어떤 것인가?'

우선 그 반대의 경우를 생각해 보기로 합니다.

반대의 경우란 도취되지 않는 사랑의 경우가 아니겠습니까.

엄밀히 말해서 도취되지 않는 사랑은 존재할 수 없는 너무나 이상적인 것, 하지만 세상에는 그런 경우가 있을 수도 있다고 봅니다.

그에 대한 답은 도취될 수 없는 냉정한 성격의 남녀들도 있으니까요. 그와 같은 남녀를 예로 든다면 제롬이나 아리사와는 반대의 입장이 되겠지요. 두 경우를 비교해서 생각해 보기로 하겠습니다.

현대 프랑스 문학의 거장의 한 사람인 프랑소와 모리악의 〈테레즈 데스케르〉는 사랑에 도취할 줄 모르는 여자인 테레즈를 주인공으로 하여 그녀의 결혼생활을 그린 소설입니다. 그러므로 여기서는 소설에 등장하는 여자 주인공의 예가 가장 적절할 것 같습니다.

테레즈는 프랑스의 서남부 지방 랑드에서 태어난 여자입니다. 랑드라는 곳은 대서양으로 연결되는 갸론느 강과 스페인과의 국경인 피레네에 산맥 사이에 있는 불모의 광야입니다.

끝없는 소나무 숲과 뜨거운 모래와 히스 꽃으로 뒤덮여 있는 이 지역은 현재도 기차조차 들어와 있지 않은 외로운 곳입니다. 토지가 너무 척박해서 포도 같은 작물은 심을 수 없다고 합니다. 랑드 지방의 사람들에게는 소나무가 유일한 생계의 수단이 되어 주었습니다. 그런데, 그 숲이 여름에는 자주 화재를 일으켜 한 번 불이 나게 되면 며칠씩 산야를 불태웠습니다.

테레즈는 그 랑드 지방의 태생이었습니다. 그래서 그녀는 어릴 때부터 파리라는 도시를 모르고 살았고, 그저 어둡고 비정한 자연 속에서 성장해야 했으므로 현실적인 여자가 되지 않을 수 없었습니다. 여학교 시절에도 그녀는 지나치게 어른 스러웠습니다.

그 나이에 빠지기 쉬운 감상적인 도취 같은 것과는 거리가 먼 그녀였습니다. 그러한 야성적인 테레즈가 베르나르라는 청년과 약혼을 하게 되었습니다. 이유가 있었겠지만, 그녀는 약혼자에 대하여 결코 순수한 열정을 갖고 있었던 것은 아니였던 것으로 보여집니다.

우선 베르나르가 파리에서 대학 법과를 나왔다는 점이 그녀의 관심을 끌었으며, 그의 집안이 테레즈네처럼 이 지방에서는 많은 삼림을 소유하고 있다는 점에 호감을 갖게 되었습니다.

그리고 그녀는 현실적인 여성이었으므로 처녀 시절을 무료 하고 무의미하게 하는 일없이 빈둥거리며 살기가 싫었던 것입 니다. 그러한 여러 가지 이유 때문에 그녀는 베르나르라는 청년과 중매결혼을 하게 된 것입니다.

그러나 테레즈는 매우 공리적이고 현실적인 여성이었습니다. 비록 맞선으로 맺어진 결혼이기는 하였으나 그녀는 베르나르가 싫지는 않았습니다.

베르나르는 이 고장의 다른 청년에 비해 교양이 있고 용모도 단정했습니다. 그런 그가 싫지는 않았지만, 그녀는 그 청년에게 도취할 수가 없었습니다. 그것은 베르나르에게 원인이 있는 게 아니라 본래 타고난 그녀의 성격 탓이었습니다.

테레즈는 약혼 기간 동안 베르나르와 숲이 우거진 오솔길을 거닐거나 그의 가슴에 안겨 있을 때도, 언제나 마음 어느 구석에서 상대를 관찰하고 있는 자기의 냉철한 눈을 의식하곤 했습니다.

그녀가 그러한 눈을 갖고 있는 한 상대가 베르나르이든 그보다 더 나은 청년이든 간에 도취되는 일은 결코 없을 것이라고 생각되어집니다. 왜냐하면, 〈좁은 문〉에서 살펴본 것처럼 연인들은 항상 상대에게 아름답게 보이려는 가면으로 치장하는 등 무리한 자기 표현을 하는데 열중합니다.

또한 우리 인간의 습성은 본래부터 지니고 있는 그 이상의 무엇을 나타내 보이려고 허세를 부리기까지 합니다. 그것은 젊은 연인들 사이에서도 변함 없는 공통점입니다.

하지만, 대부분의 연인들은 그와 같은 상대의 가면이나 안간힘을 눈치채지 못하는 것이 보통입니다. 눈치를 못 챘다기보다 눈치를 채지 않으려고 회피하였는지도 모르지요. 때로는 상대가 막연하게 훌륭한 사람일 것이라고 상상하는 경우도 있을 것입니다.

스탕달의 결정작용 또는 미화작용이 그렇게 만든 것이 아닐까요. 그런데, 테레즈처럼 비정의 눈을 마음속에 지니고 있는 여성에게는 그 같은 허점이 금방 드러나게 마련입니다.

'이 사람은 내 마음을 사로잡기 위해서 달콤한 말을 하고 있는 거야. 그의 다정한 모습도 나에게 좋게 보이기 위한 가장된 것이 아닐까? 그렇다면 이런 남자는 필요 없어. 난 다 알고 있어.'

그녀는 이미 파악하고 있었던 것입니다. 이러한 여자는 남자가 다루기 힘든 성격의 소유자입니다. 테레즈는 그런 아가

씨였습니다. 하지만 그녀는 베르나르와 애정 없는 결혼을 합니다. 남성이라는 사람들은 결혼하고 나면 약혼 시절과는 다른 속마음이 드러나게 마련이지요. 베르나르도 예외는 아니었습니다.

그는 점점 타락되어 갔고, 겁쟁이로 전락하여 때로는 인색한 남편으로 변해 갔습니다. 테레즈는 그를 증오하지는 않았지만 말할 수 없는 초조감을 느끼기 시작했습니다. 그녀에게 있어서 가장 견딜 수 없었던 점은 베르나르가 지나치게 자기의 생활에 만족해 하고 있다는 점이었습니다.

우리 남성들은 그런 점을 쉽게 이해할 수 있지만, 여성들에게는 남편이 지금의 생활에 만족하고 있는 모습이 매우 못마땅한가 봅니다. 왜냐하면 향상심이라던가, 이상을 잃은 나약한 남성의 모습에 실망하기 때문일 것입니다.

어쨌든 베르나르가 가정에 만족하고 있는 것이 테레즈로서는 매우 못마땅했습니다. 베르나르는 결혼 후 점점 몸이 불어나기 시작했습니다. 그러자 심장에 이상이 생겼습니다.

의사로부터 처방받은 약을 어느 날 잘못 먹어 그 부작용으로 밤새도록 그것을 토해 냈습니다. 그러한 베르나르를 간호하던 테레즈는 묘한 유혹에 사로잡히게 됩니다. 남편에게 독약을 한번 먹이고 싶다는 무서운 생각이었습니다. 어째서 그러한 충동이 마음속에서 일어났는지 그녀 자신도 알 수가 없었습니다.

이 소설에서도 그런 심리 상태를 설명하지 않고 있습니다. 마침내 그녀는 범행을 결심합니다. 이것이 모리악의 〈테레즈 데스케르〉의 전반부의 내용입니다만, 그것만을 읽어봐도 도취되지 않는 남녀간의 심리 역시 극단적인 도취형처럼 비극의 나라으로 떨어지게 됨을 이해했을 것입니다.

연애는 너무 집중적으로 도취해도 안 되지만, 그렇다고 아주 빠지지 않는 경우, 테레즈처럼 불행이 시작되기도 합니다. 여기에 사랑의 고비가 있는 것입니다. 사랑이라는 것은 마치 줄타기의 곡예와 흡사합니다. 오른쪽 발끝에 너무 힘을 주어도 추락하는 위험을 겪게 됩니다.

중심을 잡는다는 것. 물론 중심을 적당히 잡는다는 것은, 연애 중에는 그 합리적 행위가 불가능한 경우도 있을 것입니다. 그러나 어떤 경우와 마찬가지로 비극의 원인을 모르고 있는 것보다 알고 있는 것이 현명하지 않겠습니까.

지이드의 〈좁은 문〉이나 모리악의 〈테레즈 데스케르〉는 각기 다른 주제를 다루고 있으나 그 공통점은 우리들에게 줄타기의 어려움을 알려줌과 동시에 사랑의 지혜를 가르쳐 준 작품입니다.

5 / 열정과 사랑

지금까지 우리들은 독자의 입장에서 여러 편의 소설을 인용하여 그 작품에 그려져 있는 사랑의 심리나 연애의 비극에 대해서 생각해 보았습니다. 그러나 그에 대한 결론을 내리기 전에 여기서, 다시 한번 그 소설들에 대해서 정리해 보면 어떨까 하는 조바심이 있습니다.

우선 앞장에서 취급한 지이드의 〈좁은 문〉의 예에서 다시 언급해 볼까 합니다.

이 소설에 그려져 있는 연애 심리의 비극은 사랑의 종말을 너무나 미화한 나머지 사랑하는 사람에게 어떠한 파국과 위험이 오는가 하는 점입니다. 사랑하는 연인을 완벽한 인간으로 생각하면 전혀 결점이 없는 사람으로 포장됩니다.

사랑을 할 때는 대개 자기 도취에 빠져있습니다. 다시 말하면 연애에 필연적으로 발생하게 되는 미화작용, 결정작용 때문임을 여러 번 말씀드려서 이미 잘 알고 계실 것입니다.

자기의 연인을 하찮은 사람으로 생각하지 않으려는 욕구는 누구에게나 있는 감정이 아니겠습니까. 그러나 그 욕망이 극단으로 치닫게 되면 〈좁은 문〉의 제롬과 아리사 같은 비극을 초래하게 되는 비극의 주인공이 됩니다.

여러분들도 예외는 아닐 것입니다. 자기의 연인에게 아름다운 여성으로 보이고 싶다, 마음이 순진한 여자로 보이도록 해야겠다. 있는 그대로의 모습, 결점 등을 사랑하는 상대방에게 드러내보인다는 것은 웬만한 용기 없이는 할 수 없는 행위입니다.

사랑을 하고 있는 젊은 남녀라면, 누구나 그와 같은 심리작용 때문에 상대방을 실망하지 않게 절망하지 않게 만들어야겠다는 생각은 절실합니다. 그런데, 그 감정이 지나쳐서 상대를 너무 미화시켜 생각하게 되었을 때, 그것은 오히려 무거운 부담을 주는 결과를 초래할 것입니다.

생각해 보시기 바랍니다. 만일 당신의 연인이 그대를 이 세상에서 가장 아름답고 착한 여자로 알고 있다면, 그것처럼 괴로운 일도 없을 것입니다.

'나는 그처럼 훌륭한 여자가 아닌데, 어쩌나…….'

하며, 당신은 은근히 불안한 마음을 가질 것입니다.

'저 사람의 사랑이 식은 뒤 그저 그런 여자를 내가 그때는 왜 그랬지? 혹시 사람이 그렇게 생각하게 되면 어쩌나…….'

그가 실망하거나 환멸을 느끼지 않게 하려고 자나 깨나 당신은 있는 힘을 다해 노력하게 될 것입니다. 이토록 거짓스런 허상의 자기를 어디까지나 끌고 갈 작정입니까. 생각만 해도 심한 피로가 엄습해 오는 것 같습니다.

〈좁은 문〉에서의 아리사가 제롬으로부터 도망친 것도 이와 같은 피로와 불안 때문이 아닐까요. 상대방에 대한 도취나 미화 없이는 불행하게도 사랑은 성립될 수 없습니다. 그렇다고 지나치게 그쪽으로 치우치게 되면, 지금까지 말한 것처럼 위험에 직면하는 파멸을 만나게 됩니다.

이 미묘한 심리가 실은 연애의 불가사의한 표정입니다. 오른쪽 발끝에 힘을 너무 주면 추락합니다. 그렇다고 해서 왼쪽 발끝에 중심을 너무 주어도 비틀거리게 됩니다.

사랑이란 마치 줄타기와 같은 위험의 아스라함을 말했습니다. 도취가 없으면 연애는 이루어질 수 없습니다. 지나치게 냉정한 눈으로 자기의 약혼자를 바라보기만한 〈테레즈 데스케르〉의 비극은 이미 말씀드렸습니다.

그녀는 아리사나 제롬과는 달리 자기의 연인에게 도취할 수가 없었습니다. 때문에 그녀의 눈에는 약혼자인 베르나르의 볼품없고 우둔한 점만 부각되었던 것입니다.

이 테레즈의 허망한 비극은 〈좁은 문〉의 경우를 뒤집어 놓은 극적인 면을 보여주었습니다. 줄타기처럼 사랑이란 힘든 곡예와 같은 일입니다. 또한 성에 대한 문제도 그와 다름이 없습니다. 우리들은 〈다프니스와 크로에〉 〈모일라〉를 읽으면서 사랑의 표정을 살펴보았습니다.

성을 지나치게 멸시하거나 죄악시하거나 두려워하는 경우, 어떤 위험이 도사리고 있는가를 이해하셨을 것입니다. 반대로 성을 너무 가볍게 농락하는 경우, 우리에게 가져다주는 상처가 얼마나 비극적인 것인가도 아셨을 것입니다.

사랑의 심리를 보다 깊이 분석해 보면 어떠한 경우에도 지금까지 설명드린 것과 같은 모순, 이율배반적인 상황에 부딪히게 된다는 사실입니다.

그러므로 이 책을 읽고 있는 여러분들은 사랑을 이끌어간다는 것이 얼마나 힘든 일인가를 아셨을 것입니다. 이 모순이나 이율배반적인 상황을 극복하고 사랑을 성공시키기 위해서는 거기에 필요한 지혜가 있어야 한다는 깨달음도 아셨을 것입니다.

줄타기의 지혜나 현명함 같은 것을 살펴보면 연애의 진정한 어려움은 보다 근본적인데 숨어 있는 것 같은 생각을 가지게 됩니다. 그것은 제2장의 〈시라노 드 베르쥬락끄〉라는 희곡을 인용하면서 여러분과 함께 생각해 본 바와 같이 연애라는 애증이 갖고 있는 모순 때문입니다.

'안정은 열정을 죽이고, 불안은 열정을 부추긴다.'라는 이 원리를 이미 앞에서 말씀드렸습니다. 이를 다시 정리해 보면 연애라는 열정의 불은 연인들이 서로 상대방을 괴롭히고 상처를 낼 때 더욱 아름답게 타오르게 마련입니다.

두 사람의 마음이 안정되고 불안이 사라지게 되면, 둘 사이에 타오르던 열정의 불길은 오히려 사그라들고 맙니다. 적절한 표현으로 '사랑하기에 떠난다'라고나 할까요. 드라마나 영화를 보면 거의 다 그런 사랑을 취급하고 있지 않던가요.

주인공 연인들은 항상 뜻하지 않은 일로 헤어지게 되고, 사랑하고 그리워하면서도 각기 다른 길을 걸어가야 하는 운명을 즐겨 다루고 있습니다.

역설적으로 말해서 두 사람은 운명적으로는 불행했지만 연애적(?)으로는 오히려 행복했었다고 말할 수 있을 것입니다. 왜냐하면, 그 두 사람의 남녀는 그토록 오랫동안 열정을 간직하며 살 수 있으니 말입니다.

못다한 사랑에의 아쉬움을 간직한 채 두 사람은 서로를 그리워하고 상상하며 아름다운 사랑의 정원을 거닐 수 있기 때문입니다. 그런가 하면 그 불안, 그 고뇌가 두 사람의 열정의 불꽃을 계속 타오르게 합니다.

만일 주인공들이 너무 안이하게 결혼이란 종착역에 내렸다고 가정해 보십시오. 열정의 불꽃은 그처럼 언제까지나 타오르지도 않을 것이며, 세상에서 흔히 볼 수 있는 부부처럼 두 사람은 언젠가는 서로 환멸을 느끼고 싸움을 하다가 사랑의 잿빛 같은 권태기를 맞이해야 했을 것입니다.

'안정은 열정을 죽이고, 불안은 열정을 부추긴다'라는 원리가 비로소 생겨나게 된 것입니다. 그러므로 연애라는 열정은 그것 자체가 모순 투성이입니다.

연애를 간단히 정의해 보면 그것은 두 남녀가 결합되고자 하는 욕망이며, 그 열정(결합)의 불꽃이 꺼지면 색이 바래고

소멸할 수밖에 없는 운명을 지닌 텃밭과 같은 것입니다.

시라노 드 베르쥬락끄가 자기의 전 생애를 길어서 한 여인 록산느를 사모할 수 있었던 것은 그가 그녀와 떨어져 있었기 때문입니다. 결합이 안 되었기 때문이지요. 록산느와 결혼하지 않았기 때문에 그 열정을 언제까지나 간직할 수 있었던 운명적인 것입니다.

6 / 사랑의 간격

   하나의 예가 되겠습니다만, 여러분은 다음과 같은 불분명한
경험을 갖고 있을 것입니다.

   모든 것이 따분해질 때 혼자 영화관을 갔다. 영화관에서는
달콤하고도 아름다운 연애 영화를 상영하고 있었다.
   세기의 여배우 헵번이 주인공으로 나온다. 그녀는 베니스의
거리에서 이탈리아 청년과 너무도 짧고 격렬한 사랑을 하게 된다.
그녀는 그 남자에게 아내가 있음을 안 다음 날, 그 거리를 미련
없이 떠난다. 기차의 창에 비치는 헵번의 고통스런 표정이 스크린
가득히 클로즈업된다.
   영화가 끝난 뒤 당신은 다른 관객의 뒤를 따라 밖으로 나

온다. 거리에는 비가 내리고 있었다. 근무를 마치고 버스 정류장으로 분주히 가는 행인들의 발걸음이, 또는 어깨를 끼고 갈지자 걸음으로 비틀거리는 취객들이 비에 젖은 보도를 메우고 있다. 주위는 이미 어둠에 깔려 있고, 젖은 가로등 불빛이 침묵을 삼키고 있었다. 왜 그런지 슬프고 적막하기도 해서 뭔가에 버려진 것 같은 묘한 기분에 잠기게 된다.

멀리서 슬픈 음악이 들려온다. 보도에서 들여다보이는 허술한 식당에서 지친 듯한 청년이 라면인가 뭔가를 맛없이 홀쩍거리고 있다. 그런데 지친 듯한 표정을 하고 있는 건 그 청년뿐만이 아니라, 거리 주위를 오가고 있는 사람들의 얼굴도 하루의 생활에 지치고 피곤한 그늘이 어둡게 드리워져 있다. '아아, 아!'하고 당신은 한숨을 지을 것이다.

'그런 영화는 차라리 안 보았으면 좋았을 것을, 나의 주변에는 그러한 멋있는 연애가 왜 없을까. 모두 이 사람들처럼 지친 일굴, 피곤한 풍경밖에는 없구나.'

당신은 헵번처럼 베니스의 어느 거리에서 뜨거운 여름날, 타는 듯한 열정으로 사랑을 하고 연인과 가슴이 미어질 것 같은 아픔을 안은 채 헤어져야 하는 사연을 잠시 상상해 보겠지요.

'나에게도 그 같은 경험이 있다면 얼마나 멋있을까!'

잠깐만 기다리십시오. 그 우울한 기분을 그대로 간직하지 말고 조금씩 반추해 보는 것이 어떻겠습니까. 이 우울한 기분은 〈여정〉이나 〈러브 스토리〉 또는 〈종착역〉 같은 영화를 보고 난 뒤에 갖는 여운이 아닐 것입니다. 당신은 아름다운 연애소설을 읽은 후에 간혹 그와 같은 열병에 사로잡혔을 것입니다. 그럴 때마다 당신은 자신의 생활이 따분하게 생각되어지고, 사막을 걷는 마음으로 무거운 한숨을 짓는 이방인이 될 것입니다.

여기서 그 감정을 분석해 볼까요. 앞에서 선택한 〈여정〉이라는 영화의 경우, 무엇이 당신을 그토록 감격케 하였고, 현실에서 영원히 도피하고 싶은 그 절망감은 왜 우울로 몰아갔던 것일까요? 그 영화를 본 대부분의 여성이 그러했을 것이지만, 헵번이 흘러가는 차창을 통하여 애를 태우며 사랑하는 사람을 찾는 마지막 장면이 당신을 감동시켰던 것입니다.

만약 그 마지막 장면이 흔히 있는 해피엔드로 끝났다면 당신은 그 영화에 불만을 품게 되었을 것입니다. 결국, 그것은 현실에서는 '이루어질 수 없는 사랑'이었으므로, 당신은 거기서 알 수 없는 슬픈 아름다움을 느꼈고, 그 이루어질 수 없는 절망감에서 더욱 열정이 타올랐던 것입니다.

〈여정〉뿐만이 아니겠지요. 〈종착역〉이라는 영화에서도 같은 경우를 봅니다. 그 마지막 장면도 두 사람의 연인이 '이루어지지 않는' 사랑의 최후를 플랫폼에서 끝내는 장면이었습니다.

"나는 영원히 당신만을 생각하게 될 거예요."

"당신이 어디서 무엇을 하며 지내고 있을까, 늘 그것만을 생각하며 살아갈 거예요."

그리고, 그 여인을 태운 기차는 마침내 기적을 울리며 떠나간 다…… 그런 화면을 본 당신은 짜릿한 감동과 깊은 황홀경에 빠졌을 것입니다. 결국 〈여정〉처럼 맺어질 수 없는 사랑, 그것은 불행한 사랑 때문에 감동하는 것입니다. 이것이 첫 번째의 결론입니다.

두 번째는 미처 생각하지 못한 또다른 사랑의 뒷면을 지적하면 "참, 그랬었군"하고 수긍할 것입니다. 이처럼 〈여정〉이나 〈종착역〉이 젊은 여성들의 마음을 사로잡을 수 있었던 것은 아내가 있는 남자를 사랑한 여자 주인공의 이야기 아니면 유부녀를 사랑할 수밖에 없었던 한 젊은이의 격렬함 때문입니다.

한마디로 간통이라는 것, 상식적인 사고방식으로는 미화시킬 수 없는 사연이 크림빵처럼 달콤하고 아름답게 수식되어 있다는 점을 영화를 보고 있는 동안은 그 누구도 느끼지 못했던 것입니다. 이것이 두 번째의 결론입니다.

그와 같은 아름다운 연애 영화를 성공시킬 수 있는 두 가지 조건이란, 첫째로 '맺어질 수 없는 사랑'이여야 하고, 둘째로는 간통을 주제로 해야 한다는 점입니다.

그러한 요소를 갖춤으로써 전개되는 이야기라면 흥미로울 수 있습니다. 그러한 짜릿한 장면에 여러분은 따분한 현실을 잠시 잊고 정신마저 도난당했던 것입니다. 그토록 고조된 감정을 안고 탈출하듯 밖으로 나와 거리에 구질구질 비가 내리는 데다 지친 듯한 행인들의 얼굴과 궁핍한 생활 주변을 보고 자기도 모르게 절망하게 되었던 것입니다.

그렇다면 여러분의 마음속에는 무의식적으로나마 '이루어질 수 없는 사랑'에 대한 동경을 갖고 있었던 것은 아니었습니까.

아니면 불륜에 대한 흥미를 애써 감추고 있는 것은 아니었는지요. 그렇다면 큰일입니다.

"그런 가혹한 농담일랑 하지 마세요. 난 그런 불결한 간통 같은 것엔 관심조차 없어요. 진실한 사랑이라는 것은 두 사람만이 맺어져야 하는 것이라 생각하고 있어요."

하며, 나를 비난하시겠지요. 이에 나는 구차하게 반론을 제기하고 싶은 변명은 하지 않겠습니다. 하지만 여러분이 관람하고 있는 영화나 연애소설에서 즐겨 다루고 있는 이야기의 대부분이 그러한 '이루어질 수 없는 사랑'이나 '불륜' 등을 여러 가지 형태로 변화시킨 주제임은 분명합니다.

그와 반대로 연인 사이의 사랑이 충족되거나 부부 사이의 완벽한 사랑 이야기는 소설이나 영화의 소재로는 알맞지 않습니다. 물론 소수의 예외는 있을 수 있겠습니다.

프랑스의 샤르돈느라는 작가의 소설은 부부의 완전한 사랑을 정감있게 묘사한 것으로 유명합니다. 그런데, 요즘 여러분들이 읽는 연애소설이나 즐겨 감상하는 연애 영화는 실은 사랑이라기보다 과열된 열정을 주제로 한 것이 대부분입니다. 그것은 엄격한 의미에서 사랑이 아니라 돌개바람 같은 열정의 형상화입니다.

처음부터 연애소설이라는 문학 장르는 그 기원에서부터 그러한 원형으로 만들어진 것입니다. 문학 작품 가운데서 사랑을 보다 격렬하게 다루게 된 시초는 서구에서는 중세, 대체로 12세기 초가 아닌가 합니다.

그 당시에는 음유시인이라고 불리워진 방랑시인이 갖가지의 사랑의 시를 읊으면서 마을에서 마을로, 이 성城에서 저 성으로 유랑하며 다녔습니다. 그 시의 내용은 모두 '이루어질 수 없는 사랑'의 이야기입니다.

여러분도 잘 알고 있는 〈도리스땅과 이브〉라는 시는 이브라는 왕비가 기사 도리스땅과의 사랑을 노래한 내용을 주제로 하고 있습니다. 왕비에게는 물론 남편인 왕이 있었습니다. 처음부터 두 사람의 연애는 '이루어질 수 없는 사랑'이고 윤리나 도덕적으로 보면 분명 불륜입니다.

어째서 그 같은 '불륜'이나 '이루어질 수 없는 사랑'이 문학의 기원에서 긍정되었는가 하면 매우 설명이 복잡한 이야기가 되겠습니다만, 그 불륜의 사랑의 여정을 더듬어 보겠습니다.

그 당시 중세 서구사회의 귀족계급의 결혼은 거의가 정략결혼이었습니다. 영토를 넓히기 위해서라든가 세력을 확장하기 위한 목적에서 결혼을 했던 것입니다. 그러므로 결혼은 사랑이 전제되어 이루어진 것이 아니고, 다른 목적으로 이용당했던 것입니다.

그러자 그와 같은 위선적인 결혼에 대해 서서히 반항 정신이 싹튼 것이지요. 진실한 사랑은 그 같은 결혼에 결연히 맞서야 한다는 의지를 표출하기 시작했습니다. 그래서 음유 시인들은 애정 없는 결혼 생활을 하는 여인들의 마음을 동정하기에 이르렀습니다.

순수한 마음으로 사랑하는 기사와의 진실한 열정을 긍정하고 칭송했던 것입니다. 그러나 그것은 '불륜'이었고 간통인 이상 이별이라는 비극적인 불행을 처음부터 짊어져야 했던 '이루어질 수 없는 사랑'이었습니다.

　문학 작품 속에 그려져 있는 사랑은 이처럼 처음부터 두 가지의 요소를 갖고 있다는 것을 아셨을 것입니다. 그 두 가지의 요소는 앞서 말씀드렸듯이 여러분을 도취시킨 영화나 현대 소설의 형식으로 변하기는 했으나, 아직도 남아 있는 것은 변함이 없습니다.

　그러한 점이 이해되었으면, 여러분들이 비 오는 날 영화관을 나왔을 때의 그 우울한 기분이 어느 정도는 해소되었을 것입니다. 그렇다면 당신은 현재나 미래에 찾아올지도 모르는 사랑이 이와 같은 '이루어질 수 없는 사랑'이나 '불륜'이라는 덫에 걸려들기를 은근히 바라는 또다른 마음을 갖고 있는 것은 아닙니까.

　물론 당신들은 사랑이란 성공해야 하는 것이고, 그것이 처음부터 이별을 예상해서는 안 된다고 생각하실 것입니다.

　그 점을 놓쳐서는 안 됩니다. 극단적으로 말하면, 소설이나 영화의 대부분은 열정을 묘사하고 있는 것이지 사랑을 그리고 있는 것은 아닙니다. 왜냐하면, 열정이라는 것은 앞에서 말씀드렸듯이 반항으로 시작되는 불꽃과 같은 것이니까요.

　그런 열정은 반항과 비극과 불행을 숙명적으로 갖고 있다고 이미 설명드렸습니다. 반항과 비극과 이별의 요인을 지닌 것에는 보다 치열하게 타오르게 하는 불꽃이 있다고도 했습니다.

　사실 사랑이란 그런 것과는 달리 반항하는 것이 아닙니다.

이별을 미리 예상해야 하는 것도 아닙니다. 그것은 언제까지라도 함께 있으려는 노력이 숨어 있습니다. 한편으로 격렬하거나 찬란한 것도 없습니다. 그저 사랑이란 보행자의 지친 발걸음이나 간이식당 같은 데서 라면을 맛없이 먹는 청년에게서도 싹틀 수 있는 아련함 같은 것이지요.

그런데 그들은 왜 그토록 피로에 젖어 있을까요. 사랑은 인내하는 것입니다. 긴긴 작업이지요. 헵번이 등장하는 영화를 보고 당신이 그 열정에 도취되는 건 당연합니다. 그러나 영화관을 나오자마자, 당신은 거리에 펼쳐 있는 현실을 보고 따분하다고만 생각해서는 안 될 것입니다.

그러한 열정과 사랑을 구별할 줄 알아야 합니다. 그러면서 당신은 '사랑이 열정을 지배하려면 어떻게 해야 하는 것인가' 하는 생각을 가져 보도록 하십시오. 왜냐하면, 열정이 이별의 비극을 안고 있듯이 사랑이라는 것도 환멸과 피로와 권태를 수반할 수 있으며, 또한 사랑은 무거운 짐을 짊어지고 걸어가야 하는 숙명의 길이기 때문입니다.

여기서 우리들은 다음의 몇 가지를 결론의 답으로 내려야 합니다. 연애라는 것은 사랑이라기보다 사랑을 하기 위한 준비 과정에 지나지 않다는 것입니다. 바꾸어 말하면 여러분이 연애 중에 상대방을 사모하게 되는 것은 결코 사랑이라고는 할 수 없다는 말입니다. 연애 중에 가슴이 달아오르거나 떨림, 고통이나 몸부림이 일어나는 것은 사랑이 아닐 뿐만 아니라, 그것은 열정에 타오르는 연기에 지나지 않다는 것입니다.

사랑이란 그처럼 격렬한 불꽃 같은 것은 아닙니다. 보다 검소하고 보다 조용한 바램과 그리움 같은 운명적인 것입니다. 그러므로 사랑과 열정은 항상 구별되어야 합니다. 이해를 돕기 위해 사랑과 열정의 다른 모습을 설명해 드리겠습니다. 좀 더 직설적으로 말씀드리면, 열정은 누구나 다 가질 수 있는 감정입니다. 조용히 가슴의 소리를 들어보시기 바랍니다.

당신이 B라는 청년을 사모하고 그리워하고 있다면, 이것은 젊은 여성이 본능적으로 가질 수 있는 감정입니다.

나비가 꽃을 찾아 날 듯이 그것은 본능적인 욕망이며 자연의 섭리와 같은 것입니다. 당신뿐만이 아니라, C양도 P양도 기회만 있으면, 그 청년에게 연정을 품게 될지도 모릅니다. 거기에는 별다른 노력도 의지도 인내도 필요 없습니다.

그러나 사랑은 그렇게 용이한 것만은 아닙니다. 누구나 쉽게 할 수 있는 것도 아닙니다. 사랑이란 우선 의지가 있어야 하고 인내와 노력이 따라야 합니다.

사랑이란 열정처럼 불안이나 이별과 같은 비극적인 현상으로 타오르는 감정이 아니라, 두 사람의 남녀가 가정과 생활이라는 굴레를 함께 하면서 기쁨이나 슬픔을 조용히 함께 나누어 가지며 행복을 찾는 운명적인 것입니다. 그것은 열정처럼 본능적인 것, 충동적인 것이 아니라 의지와 노력으로써 탄생하는 예술과 같은 것입니다. 그러므로 열정과 사랑을 분명하게 구분해야 합니다.

연애라는 것은 사랑 이전의 것, 사랑을 위한 준비 작업입니다. 그 준비 작업을 보다 훌륭하게 달성하기 위해서는 연애를 대수롭지 않은 것으로 여기고 농락하거나 장난치는 기분으로 하지 말아야 하며 시작하기 전에 아름답게 완성해야겠다는 의지에서 출발해야 합니다.

각 장에 걸쳐서 나는 연애의 심리를 분석하면서 그 위험한 함정을 지적했습니다. 진정한 사랑은 당신의 삶을 꽃피우는 한 편의 서정시와 같은 것입니다.

7 유혹과 간통

일본 여류작가 하라다야스코의 소설 〈만가〉가 젊은 여성들의 인기를 사로잡은 적이 있었습니다. 이 작품은 일종의 간통 소설이라고도 할 수 있습니다.

어느 날 나는 수업 시간에 여학생들에게 질문해 보았습니다.

소설에 나오는 레이코의 연인 가츠라기라는 유부남을 어떻게 생각하는가. 그 점에 대하여 생각하는 바를 써 내라고 했습니다. 그에 대한 해답을 일일이 소개할 수는 없지만, 다소의 차이는 있어도 대다수의 여학생들은 레이코와 가츠라기 두 사람에 대해 한없는 매력을 느낀다고 썼습니다.

우선 가츠라기라는 남성에 대해서는 다음과 같은 답이 많았습니다.

1. 어딘지 모르게 신비적인 분위기가 있다.

2. 보통 때는 조용하고 말이 없다가 무언가를 하고자 할 때는 열정적인 행동을 한다.

그런 대답에 대해 나는 거침없이 반론을 제기했습니다.

"그렇지만, 그는 처자가 있는 남자 아닌가. 가정을 가진 남성이 어떻게 다른 여자와 연애를 할 수 있다는 말인가. 그건 말도 안 되는 불륜이야."

"그렇지만 선생님, 그 사람의 사랑은 진실한 것이었습니다. 어쩔 수 없었던 거지요."

하고, 여학생들은 내가 질투가 날 정도로 가츠라기를 변명하는 것이었습니다. 레이코의 경우, 그 젊은 여성의 매력에 대해서는 모두 일치점을 갖고 있더군요. 왜냐하면, 자기네들이 평소 사회적 도덕관이나 마음의 제약 때문에 감히 해낼 수 없는 일에 도전했다는 것입니다.

말하자면, 그녀는 자기들의 영웅이며 이상형이었던 모양입니다. 그와 같은 해답은 젊은 여성 누구에게나 공통된 생각이라고는 할 수 없겠습니다.

한편 이 여학생들과 전혀 반대 의견을 갖고 계신 분도 많을 줄 압니다. 그러나 이 해답을 분석해 보면 그녀들이 무의식 중에 갈망하는 것이 무엇인지를 알 것 같은 기분입니다.

우선 분명하게 말할 수 있는 것은 젊은 여성들의 바램 가운데는 인생을 보다 솔직하게 살아 보고자 하는 몸부림이 있다는 것입니다. 레이코라는 주인공을 통해 그녀들에게 매력적인 여인상으로 부각되는 데는 그녀가 현실적인 것에는 전혀 무관심하다는 것, 즉 낡은 도덕이라는 것에 구속됨이 없이 보다 솔직하게 가식 없이 살고자 했던 점이겠지요.

그 소설을 읽은 여학생들은 도저히 그 같은 용기나 결심을 할 수조차 없다는 점에 대해 무한한 동경과 탄식하면서 속으로 은근히 이 당돌한 레이코를 통하여 자기의 꿈을 키워가지 않았나 하는 생각을 해 보게 됩니다.

여성에게 있어서 자기에 대한 성실과 사회적 모랄 사이에서 발생되는 모순을 한 번 생각해 보시기 바랍니다. 그렇다면, 그 모순은 무엇일까요? 가장 구체적인 것으로 대두되는 것은 간통이라는 불륜의 문제입니다.

'어떤 경우로 하여 처자가 있는 남성을 사랑하게 되었다. 그러나 그를 사랑하는 것은 사회적 도덕이 용납하지 않는다. 체념해야 하는가 아니면, 그 연애를 사회적인 굴레에서 생각할 것이 아니라 자신을 보다 솔직하게 살아가는 사람의 편에 서서 생각할 것인가.'

〈만가〉에 있어서 레이코의 경우는 주저할 것도 없이 후자를 택했습니다. 그와 같은 그녀에게 여학생들이 어떤 이상적인 매력을 느끼게 되었던 것입니다. 그것은 요즘 젊은 여성의 대부분이 무의식중에 자기들을 제약하거나 억압하고 있는 장애물을 버리고 자기답게 싱싱하게 살아가고자 하는 희망의 발로가 아닌가 생각합니다.

유혹이라든가 간통에 대해서 사람들이 많은 관심을 갖게 되는 것은 이상하게도 시대적 환경이 주된 요인인 것 같습니다. 낡은 도덕적 관념이 점차 색이 바래지고 의미를 상실하게 되어 갈 때 아직은 미숙하지만 새로운 모랄이 싹터 자라는 것이 아니겠습니까.

그 변혁기에는 다 그렇다고 할 수는 없지만, 이상하게도 유혹이나 간통을 긍정하려는 사회적인 관용을 예외시할 수 없다는 점입니다. 앞에서 말씀드린 바 있는 유럽의 유명한 작품인 〈도리스땅과 이브〉의 예를 다시 들어봅니다.

도리스땅이라는 기사가 자신이 모시고 있는 마르크 왕의 비인 이브를 사랑하게 되어 연인 관계에서 두 사람은 죽음의 비극적인 운명을 맞아야 하는 이야기입니다.

다시 말하면 이 소설은 도리스땅과 이브의 간통을 찬미한 작품입니다. 이 이야기는 12세기가 끝날 무렵, 유럽의 농촌 마을에서 마을로, 궁전이 있는 거리에서 거리로 떠돌아다니던 음유시인들의 입을 통해 널리 퍼지게 되었던 것입니다.

그 이야기에 흥미를 느낀다기보다 그 같은 간통과 불륜을 찬미한 노래가 어떤 시대에 나왔느냐에 우리는 관심을 가져 보는 것이 어떻겠습니까. 그 시작의 분위기는 중세가 점차 쇠퇴하기 시작한 12세기 끝 무렵이었습니다.

중세사회는 기독교 교회와 왕이 지배했던 시대였습니다. 그 위에 구축되었던 도덕적인 사회 조직이 붕괴되어 갔고, 르네상스의 새로운 기운이 일기 시작한 바로 직전에 그 같은 불륜

이야기가 표출된 것입니다.

여러분은 '기사騎士의 사랑'이라는 말이 귀에 익지 않습니까? 중세사회의 기사들은 한 사람의 여인을 위해 몸을 바쳤습니다. 여인들의 아름다움에 어울리게 무예를 연마해야 했고, 그 위에 정의감에 불타는 씩씩한 사나이가 되어야 했습니다. 이 〈기사의 사랑〉은 도리스땅과 이브 왕비의 경우와 비슷했습니다. 그 사랑은 당시 왕이나 귀족의 결혼에 대한 인간적인 반항의 발로라고 할 수도 있습니다.

당시의 귀족이나 왕의 결혼은 어떤 의미에서 정치적인 의도에서, 아니면 가문이나 명예를 지키기 위해서 이루어진 결혼이었음을 앞에서 말씀드렸습니다. 결국 사랑으로 맺어지는 것이 아니라 가문이나 영토를 지키기 위한 그러한 위선적인 결혼에 비해 기사의 사랑은 진실한 사랑이었습니다.

그 같은 사랑이 칭찬 받음으로써 그들은 위선적인 모랄에 반항했던 것입니다. 또한 〈도리스땅과 이브〉는 그 반항 정신이 뒷받침되어 있었습니다. 이 이야기 속에 간통과 불륜이 오히려 칭찬 받게 된 것은 사회적인 통념을 벗어난 진실한 남녀의 사랑과 새로운 모랄을 긍정했기 때문입니다.

또 다른 예를 말씀드리겠습니다. 그때보다 훨씬 뒤인 18세기의 끝 무렵쯤 다시 유혹이나 간통이 세상 사람들의 관심을 끌게 되었습니다. 가령 '사도'라고 하는 사람의 사상이 그랬고, '라크로'라고 하는 사람의 생각이 그러했습니다. 라크로의 〈위험한 관계〉는 한 마디로 유혹자의 도덕관을 엄격하게 묘사한 소설입니다.

유혹자의 도덕이라고 하면 여러분들은 기묘하게 생각할는지 모르겠습니다만, 이 책을 읽어보면 여자와 관계를 맺는 유혹자가 반드시 육체적인 욕망만을 추구해서 그러한 행위를 하는 것이 아니라 넓은 위선적인 도덕관을 파괴하기 위해서 취한 행동임을 알 수 있습니다. 그 책이 나온 18세기의 끝 무렵은 프랑스 혁명이 폭발하기 바로 직전이었습니다.

지금까지 계승되어 오던 귀족계급은 무너지고 새로운 시민 계급이 그들과 교체될 무렵 그 〈위험한 관계〉를 위시해서 많은 간통소설, 불륜소설 등이 수없이 쏟아져 나왔습니다.

그것은 낡은 모랄이 하나씩 무너지고 지평선 저쪽으로부터 새로운 도덕을 부르짖는 태풍의 예감 같은 것이 아니었을까요. 그런 시기에 간통이나 불륜이 다시금 사람들의 관심과 흥미의 대상이 되었던 것입니다.

〈위험한 관계〉의 주인공은 유부녀들을 유혹하고 그녀들을 거침없이 자기 것으로 만들었습니다. 그 줄거리가 단순히 호색적인 것만이 아니라 당시 귀속사회를 지배하고 있는 위선에 대한 치열한 반항이었던 것입니다.

그 당시 보오드레르라는 시인이 〈위험한 관계〉를 명하여 '이 소설은 프랑스 혁명을 설명하고 있다.'라고 한 것도 그러한 뜻에서입니다.

내용이 다소 비약한 것 같습니다만, 저자가 말하려는 뜻이 무엇인가를 대충 아셨을 것입니다. 〈도라스땅과 이브〉나 〈위험한 관계〉를 인용하지 않더라도, 간통이나 불륜은 당시의 사회 현상으로 볼 때 낡은 시대로부터 벗어나려는 경계점에서 일어난 현상임을 인지하였을 것입니다.

〈만가〉라는 소설에 그려진 간통의 불륜이 많은 젊은 여성들 간에 관심을 끌었고 그 레이코라는 여자 주인공이 동경의 대상이 되었다는 것은, 여성들이 새로운 모랄을 몹시도 갈망하고 있는 징조라고 볼 수 있을 것입니다.

간통이나 불륜이 세상 사람들의 흥미를 끌었던 시대는 새로운 도덕관으로 바뀌어 가는 과정이라고 말씀드렸습니다. 〈만가〉에 대한 독후감을 보내온 여학생들 대부분이 연애와 도덕, 결혼과 가정 등의 괴리된 문제로 괴로워했을 것입니다. 그리고 그녀들은 봉건사회에서의 여성의 사회적인 위치를 비관적으로 여기고 있었을 것입니다.

사실 동양에서는 여성들의 행동을 제약하고 있는 요소가 아직도 많은 것은 사실입니다. 그런데도 이에 조금도 구애받지 않고 행동하는 레이코는 신선한 대상이 될 수밖에 없었을 것입니다. 간통이나 불륜은 반사회적인 행위였으므로 젊은 여성들의 마음을 강하게 끌어당겼던 것입니다.

그렇지만, 나는 여학생들에게 말했습니다.

"새로운 모랄을 연애를 통해 발견하려는 것은 좋은 생각이다. 그러나 사랑을 구하는 방법이 간통이나 불륜 이외에는 없는 것일까?"

지신의 삶을 보다 솔직하게 살아가기 위해서 타인(상대방의 아내나 자식)에게 상처를 입혀도 상관 없다는 이론은 새로운 도덕관에도 용납되지 않을 것입니다. 간통이나 불륜에 대한 비밀스런 바램은 확실히 새로운 모랄을 찾으려는 출구로 어느 정도 인정은 하겠지만 정당한 행위라고는 할 수 없는 것입니다. 말하자면 대용품적인 것으로 어디까지나 허상에 지나지 않습니다. 자신에게 성실해야 하고, 타인에게 행복을 전하는 그것이 새로운 모랄의 옳은 방향이 아닌가 합니다.

내가 그런 답으로 강의를 끝내려고 하자

"교수님, 그렇게 꿩 먹고 알 먹는 좋은 방법이 있다면 더 바랄 것이 없겠죠."

라고, 한 여학생이 묘한 대답을 하더군요.

"오늘날의 결혼생활이나 가정생활은 바람직하다고 생각하는 가?"

하고 다시 물었더니,

"결혼생활이나 가정생활이라면 왜 그런지 활기가 빠져 버린 초라한 것이라는 생각이 들어요."

그녀는 이렇게 분명한 어조로 대답하는 것이었습니다.

"간통이나 불륜이 반사회적인 행위인지는 이해할 수 없지만, 보다 강하게 불꽃이 튀는 듯한 사랑, 생을 실감케 하는 그런 자극이 오늘의 우리 세대에는 더 매력적이죠."

이 여학생은 자기의 생각이 조금도 틀렸다고 생각지 않고 있었습니다. 그러나 내가 보기에는 그녀의 생각은 자기만의 아집이 숨어 있습니다.

분명히 그녀는 불꽃 같은 열정과 사랑을 혼동하고 있다는 것입니다. 대부분의 연애론은 열정과 사랑을 혼동해서 생각하는 데 잘못이 있습니다. 그녀의 경우도 예외는 아닙니다.

거듭 말씀드립니다만, 간통이나 불륜으로부터 발생되는 열정은 진정한 사랑일 수는 없습니다. 대중적인 사랑은 열정보다 뜨겁지는 못하지만, 그 차분한 사랑의 인내심은 두 사람의 남녀가 삶의 고통이나 기쁨을 인내하며 함께 나누어 가지는 창조적인 행위인 것입니다.

우리의 여학생은 그러한 사랑의 창조적인 의의를 아직 생각하지 못하고 있을 뿐만 아니라 뜨거운 사랑의 불꽃에 자신을 불태울 준비가 되어 있지 못한 것이란 생각이 듭니다.

4

사랑의 기술

1 / 사랑의 매력

사랑의 기술이라고 설명하면 마치 '사랑의 거래' 같은 계산적인 면을 말하려는 것이 아닌가 하는 분도 계실 것입니다.

우리는 흔히 "저 사람의 사랑은 장사야. 사랑은 장사를 하기 위한 거야"라는 말 이면에는 그 사람의 사랑에 대한 성실성을 의심하는 뜻이 내포되어 있음을 알 수 있습니다.

이에 대해 처음부터 솔직하게 말씀드리면, 나는 기술이 없는 사랑, 계산이 없는 연애는 믿지 않습니다. 왜냐하면, 사랑이라는 것은 매우 힘이 드는 무형의 것이기 때문입니다. 그저 상대방을 사랑하면 된다든가, 서로 믿으면 그만 아닌가 하는 맹목적인 사랑으로 안심하고 있다가 파경에 이르는 경우가 주변에 많이 있다는 것을 아실 것입니다.

연애가 실패로 끝나는 것은 두 사람의 마음이 약했던 탓으로, 상대방이 불성실했기 때문이라는 이유보다 당사자인 그들이 사랑을 잘못했기 때문에 불행하게도 미완성인 경우가 많습니다. 그들은 사랑의 기술, 사랑의 지혜를 무시하고 맹목적으로 사랑 그 자체에만 연연했기 때문에 끝내는 아픔을 감당해야 했습니다.

'사랑의 거래'는 말은 돈 후안Dom Juan(바람둥이)이란 뜻과 비슷해서 좋은 인상을 주지 않습니다.

이러한 예는 영화나 풍자소설 같은 데서 엿보게 되는데, 어떤 재벌의 아들과 결혼하기 위해서 젊은 여성이 갖가지 지혜를 동원하여 접근을 한 뒤 마침내 목적을 달성하게 된다는 이야기 ―그와 같은 이야기는 영화 스크린에서는 전연 죄가 없는 것처럼 그려지고 있지만, 우리들은 그 여성의 깜찍한 술수를 알 수 있습니다.

어떤 사람은 그 여성을 귀엽고 영리하다고 생각할 것이고, 어떤 사람은 연애의 순수성이 없는 사랑을 미끼로 한 행위라고 매도할 것입니다. 이 경우를 '사랑의 흥정'이라고 표현하는 것이 적절한 해답이 되겠지만, 그것은 '금전이나 물질을' 획득하기 위한 사랑을 가장한 술책이라고 볼 수 있습니다.

그런 사랑은 우리들에게 불쾌감을 안겨 줄 뿐입니다. 어쨌든 거래를 통해 이루어지는 사랑은 그다지 좋은 인상을 주지는 못합니다. 그러나 내가 여기서 말하고 싶은 것은 가장된 사랑이 아니라 참다운 행복을 함께 키워가는 진실한 사랑을 말하고 싶은 것입니다.

순수한 사랑은 서로의 신뢰감에 바탕을 두고 이루어지지만, 사랑에 거래가 있다면 두 사람의 믿음에 상처를 내고 더럽히기도 할 것이 아닌가 하고 연애 지상주의자들은 일반적으로 그렇게 생각할 것입니다.

여러분 중에도 눈살을 찌푸릴 분이 계실 것입니다. 그럼에도 불구하고 내가 여러분에게 '사랑의 거래'을 권하는 것은 무슨 이유에서인가를 함께 생각해 보면 어떨까요.

우선 한 예를 들면서 이야기해 볼까 합니다. 내가 알고 있는 한 여성은 어느 극단의 연구생으로 성격도 나무랄 데 없이 밝고 문학을 좋아하는 여성이 있었습니다.

프랑스 전후파 소설의 애독자인 그녀는 시몬느 드 보봐르의 〈제2의 성〉에 대해 매우 공감하고 있었던 모양입니다. 약 4개월 전쯤에 그녀가 한 청년과 사랑에 빠져 있다는 소문을 들었습니다.

그녀 쪽에서 먼저 청년에게 열중했던 모양입니다. 그녀는 사귀고 있는 청년에 대한 자랑을 주위 사람들한테 서슴없이 말하고 다녔습니다. 그런가 하면 두 달이 채 되기도 전에 그녀와 청년은 아파트에서 동거 생활을 시작했습니다. 물론 결혼식은 올리지 않았습니다.

그녀의 친구들이 왜 결혼식을 올리지 않느냐고 충고했더니 그녀는 서슴없이 말했습니다.

"결혼식 같은 사회적인 계약을 나는 믿지 않아. 우리는 둘만의 순수한 사랑을 믿을 뿐이야."

대다수의 젊은이들은 비타협적이고 아첨하기를 싫어하는 이단자적인 경향이 있지만, 그녀의 사랑이 그와 같은 분방한 자유를 원한다면 어쩔 수 없는 것 아니겠습니까. 그런데 얼마 전에 나는 그녀의 아픈 소문을 듣게 되었습니다.

두 사람의 사랑의 생활은 마침내 포만 상태에 이르러 헤어지고 말았다는 것입니다. 그녀는 만나는 사람마다 그토록 마음을 주고 있던 청년을 향해

"배신당했어, 내가 잘못 본 거야."

라고, 한탄하더라는 것이었습니다. 실연이나 이별의 넋두리를 듣는 것처럼 귀찮은 일이 또 어디에 있겠습니다. 넉 달 전만 해도 주위 사람들로부터 호의를 받고 있던 그녀가 요즘은 오히려 따돌림을 당하고 있는 모양입니다.

"치이코의 얼굴이 몹시 거칠어졌던데, 연애에 실패한 여자의 얼굴은 그렇게 되는 건가?"

하며, 비웃는 듯한 눈치였습니다.

이 경우를 여러분과 잠시 생각해 보면 어떻겠습니까. 우리들은 그녀의 사생활에 대해서 전혀 아는 바가 없습니다. 또한, 두 사람의 사랑의 실패에 대해 비판할 권리도 없습니다. 그렇지만, 우리들은 그녀가 사랑에 실패한 근본적인 이유가 어디에 있었는지는 알 수 있습니다.

그것은 한마디로 말해서 절제가 없었기 때문이라는 확신이 있습니다. 억제의 힘을 잃은 것이 실패의 원인이라고 단언하고 싶습니다. 사랑에 빠지자, 두 달도 되기 전에 그녀는 청년과

아파트에서 동거 생활을 시작했습니다. 함께 생활을 하겠다고 결심하였을 때는 이미 몸까지도 다 바친 뒤가 아니겠습니까.

나는 그녀가 쏟은 사랑의 치열함, 진실함. 열정 등을 추호도 의심하지 않습니다. 그녀는 자기 나름대로 사랑의 순수함을 믿었을 것이고 상대방의 애정도 믿었을 것입니다. 물론 청년 쪽에서도 진심으로 그랬을 것입니다.

그럼에도 불구하고 두 사람의 연애는 동거 생활이 시작되면서 곧 시들어져 버리게 되고 성급함보다는 인간이 열정에 약하다는 것을 미처 생각하지 못했기 때문입니다.

가령 결혼이라는 절차를 거치지 않고, 두 남녀의 육체가 무분별하게 탐닉하였을 때 그 뒤에 찾아오는 것이 무엇인지 아십니까? 말할 수 없는 고독감과 슬픔, 그것이 반복하면 할수록 권태나 포만감 같은 것이 엄습해 오는 자위적인 아픔입니다.

여성보다도 남성은 상대의 모든 것을 너무 빨리 알게 되면 환멸이나 실망을 쉽게 느끼는 이방인 같은 존재입니다. 한편 상대방으로부터 지나치게 사랑을 받게 되면 오히려 무거운 부담감에 도피자가 됩니다.

물론 모든 남성이 다 그처럼 에고이스트는 아닙니다. 그들 중에는 에고이스트가 아닌 훌륭한 젊은이도 많습니다. 그렇지만, 그것은 극히 드문 일이고, 당신들의 연인이나 남자 친구 대다수는 마음속에 그와 같은 남성의 본능적인 에고이즘이 꿈틀대고 있다는 것입니다.

그것이 남성의 특질인 이상, 남성들이 절대적으로 아니라고 주장하거나 그렇지 않은 것처럼 미화할 필요는 없을 것입니다. 어쨌든 그녀는 상대방 청년에게 잠재해 있는 에고이즘을 인정하지 않았겠지요. 그녀는 그저 사랑의 순수성만을 신뢰하고 맹목적으로 도취되었던 것입니다. 이제 그녀의 생각이 얼마나 어리석고 무모했던가를 아셨을 것입니다.

열정이나 연애에 대해서 생각해 보면 그 밑바닥에는 모순이나 연약함 같은 함정이 있음을 알게 됩니다. 사실상 연애라는 것은 줄타기의 경우와 꼭 같습니다. 오른쪽 발에 힘을 너무 주면 위험합니다. 그렇다고 왼쪽 발에 힘을 너무 주어도 중심을 잃게 됩니다.

필요한 것은 마음의 균형입니다. 불행하게도 요즘은 연애할 때 그와 같은 마음의 균형을 잃어가고 있는 듯합니다. 연애의 순수함, 열정의 강렬한 것만을 내세워 한 곳으로 치달리기 때문이겠지요.

그러므로 내가 알고 있는 그녀는 겁 없이 덤비다가 결국 사랑도 잃고 연애에도 실패하고만 것입니다. 만일 그녀가 지혜로운 여성이고 자기의 사랑을 영원히 지속시켜 행복한 삶을 영위하려고 마음먹었더라면, 두 달 동안의 짧은 교제만으로 상대방에게 몸을 허락하지는 않았을 것입니다.

결코 공리적인 의도에서가 아니라 연인이 갖고 있는, 즉 남성의 에고이즘에 되도록 자극을 주지 않았어야 하는 냉철함의 결여에서 빚어진 아픔입니다. 육체의 쾌락은 포만을 가져올 뿐입니다. 열정은 강함과 동시에 약함도 있다는 것을 잊어서는 안 됩니다. 연애의 멋을 안다면 사랑이 가지고 있는 여러 가지 위험성도 알아야 합니다. 이 사랑의 지혜를 여러분은 부디 간직하시기를 바랍니다.

내가 '사랑의 흥정'에 대하여 강조하는 이유는 이 지혜를 연애를 하고 있는 동안에 여러 가지 구체적인 행위를 통하여 활용해 간다면 실패 없는 인생을 살아갈 수 있으리라는 생각에서입니다.

가령 어느 날 밤, 모임에서 돌아올 때 두 사람만의 차 안에서 그가 당신에게 키스를 청했다면 두 사람이 진정으로 사랑하는 사이라면 그의 요구를 허락해도 무방하겠습니다.

그렇지만, 그것 역시 데이트할 때마다 거듭하게 되면 신선함이나 매력을 잃게 됨을 염두에 두어야 합니다.

그가 너무 자주 요구하게 되면 조용히 품위있게 거절하는 것이 현명한 방법입니다. 그럴 때 그가 화를 낼지도 모릅니다. 그러나 그런 건 개의할 필요가 없습니다. 당신으로부터 키스를 거절당하게 되면 불안해 하고 초조해 할지도 모릅니다. 그와 같은 불안이나 초조는 오히려 당신을 향한 열정을 한층 더 부추기는 결과를 가져옵니다.

한 걸음 더 나아가 그가 당신의 육체를 요구할 때는 그것만은 어떤 일이 있어도 거절해야 합니다. 그 이유는, 앞에서 말한 대로입니다. 어쩌면 그는 어떤 구실이나 이유를 대면서, 때로는 당신에게 짜증을 내거나 화를 내기도 할 것입니다.

"당신은 나를 진정으로 사랑하지 않는 거 아냐?"

그렇지만, 그럴 때 마음속으로는 안타까울 정도로 그의 청을

다 들어주고 싶어도 결혼할 때까지는 절대로 허락해서는 안됩니다.

한번 그에게 몸을 허락하고 나면 그는 끊임없이 요구하게 되고, 결국 당신은 그 요구를 거절할 수 없게 되고 맙니다. 그렇게 되면, 당신은 그가 하라는 대로 하는 처지에서 벗어날 수 없게 됩니다. 마침내는 당신의 몸은 신선함이나 매력을 잃어가게 되고 관계마저도 위태롭게 되는 위기에 놓일지도 모릅니다.

그러므로, 연애 중에는 거절의 지혜와 절제의 미덕을 지니고 있어야 합니다. 그런 지혜는 줄타기의 줄 위에서 떨어지려 할 때 자기의 발가락 끝으로 밸런스를 맞춰 가는 재주와 같은 것입니다. 나는 이것을 '사랑의 흥정' 또는 '사랑의 기술'이라고 표현하고 싶습니다.

사랑의 흥정이나 사랑의 기술은 결코 불순한 행위가 아닙니다. 그것은 열정을 잘 조절해 가는 지혜이기 때문입니다. 그리고 그것은 두 사람의 사랑을 언제까지라도 지속시키기 위해 필요한 방법이기도 합니다.

지금까지의 많은 연애론은 이 같은 사랑의 기술보다도 두 사람의 신뢰라든가, 두 사람의 의지를 살펴보는 예가 많았습니다. 거기에는 인간의 연약함, 그 허약함을 가볍게 다룬 경향이 있었습니다. 사랑의 기술은 뭔가 순수함을 잃은 불순함이 내재해 있으며, 오직 창백한 순결 존중론만을 내세운 연애론은 사랑의 함정에 상처 받은 육체의 아픔을 외면해서는 안 됩니다.

무엇보다도 앞으로 연애를 해야 하는 젊은 사람들에게 거듭 강조해서 말하고 싶은 것은 사랑의 테크닉입니다. 연애를 잘못한 탓으로 상처 받기도 하고 불행에 빠지는 일들을 되풀이 한다는 것은 비극입니다. 그런 아픔을 잠시 잊고 지금은 사랑의 기술보다 구체적인 예를 찾아 같이 생각해 보기로 하겠습니다.

처음으로 그에게 사랑을 느꼈을 때, 당신의 머릿속은 오직 그 생각만으로 꽉 차 있을 것입니다. 모든 것은 그와 결부시켜서 생각하게 될 것입니다. '다시 한번 그를 만나고 싶다.' 그러나 그 같은 마음을 억제하기 위해 당신은 여러 가지 구실을 붙이며 자기 변명에 급급할 것입니다.

'내가 뭐, 그를 만나러 가는 줄 알아. 그에게서 빌린 책을 돌려 주려고 가는 것뿐이라구.'

그러면서 당신은 그의 집을 찾아갈 것입니다. '책을 돌려주고는 현관에서 돌아서리라고 마음먹는다. 그런데, 그가 집에 없다고 하자, 그의 어머니에게 책을 건네주고 황급히 밖으로 나왔다.' 당신은 처음엔 잘 했다고 안도할 터이지만, 왜 그런지 쓸쓸한 공허감에 사로잡히게 될 것입니다.

'그는 대체 어딜 가고 없는 거지. 어디서 뭘 하고 있는 거야?'

약간 짜증스러워지면서 문득 자신의 처지를 생각해 보게 될 것입니다. 아침부터 지금까지 그의 생각에 사로잡혀 다른 것은 전혀 염두에 두지 않고 있는 자기를 느끼게 되겠지요. 갑자기 부끄러워진 당신은 필사적으로 자신에게 변명을 늘어놓게 됩니다.

'난, 그 같은 사람 안중에도 없어, 정말이야. 절대로야. 절대로……'

아닙니다. 당신이 그런 중얼거림을 자기에게 내뱉게 되었을 때는 이미 그를 사랑하고 있다는 증거입니다. 그런 경험 있으십니까.

그런 기분이 아니더라도 비슷한 심리를 맛보았을 때가 있습니까? 없었다고 말씀하는 분이 계셔도 괜찮습니다. 자, 그처럼 열중해 있을 때는 매우 어렵기는 하겠지만, 다음과 같이 조용히 자신에게 반문해 볼 필요가 있을 것입니다.

'내가 그를 진정으로 사랑하는 것이 아니라, 사랑을 사랑하고 있는 것은 아닌가?'

라고 말입니다.

현재의 여러분은 마음속으로 남모르게 사랑을 하고 싶고 사랑을 받고 싶은 그런 연령이기 때문에, 어느 날엔가는 '나에게도 연인이 생기겠지' 하는 것은 당연한 심리입니다. 그 연연함은 젊은 여성으로서는 본능적인 것입니다. 그날을 위해 오늘을 무료하게 보내고 있다고 해도 과언은 아닐 것입니다.

영화를 봅니다. 소설책도 읽습니다. 그런 것들을 통해서 당신들은 사랑을 항상 생각하게 되는 연령이 아닙니까. 언젠가 자기에게 나타날 상대의 모습을 이모저모 공상하게 될 것입니다.

때로 그것은 〈티보 가의 사람들〉의 자크 같은 키가 훤칠하게 크고 지성적인 얼굴을 한 청년이기도 하고, 또는 〈바람과 함께 사라지다〉의 레드 바트라처럼 성적 매력이 넘쳐 흐르는 남성이기도 할 것입니다. 아니면 〈겨울연가〉와 같은 적막함과 성실함과 정열적인 것을 한 데 섞은 듯한 그런 남성인지도 모릅니다.

어쨌든 그러한 때의 당신은 분명히 연애를 사랑하는 기분에 누군가를 막연하게 사랑한다는 것은 매우 우스운 표현이지만, 한마디로 '나도 사랑하고 싶다'라는 비밀스런 열망입니다.

나는 이 열망이 결코 나쁘다고 생각하지는 않습니다. 앞에서도 말했지만, 이러한 마음은 어느 여성이건 다 가지고 있는 당연한 심리이니까요.

그런데, 사랑의 기술을 조심스럽게 활용하지 않으면 안 되는 까닭은 이 연애를 사랑하는 마음이 너무 격정적이면 상대방에게 맹목적이 되기 때문입니다. 이를테면 어떤 매력적인 젊은이가 당신을 좋아한다고 고백해 왔다고 하면, 어떻게 대응하시겠습니까.

당신은 그때까지는 그에게 연애 감정을 갖고 있지 않았는데, 그에게서 "네가 좋아"라는 말을 들었을 때, 부푼 감정에 아련함을 느낄 것입니다. 자존심도 만족되겠지요. 그러나 그런 때야말로 주의해야 합니다.

'연애를 사랑한다'는 오랫동안의 열망이 마침내 나에게도 와 닿았구나 하는 생각에서 당신은 상대방을 잘 알지도 못하면서 그와의 데이트 신청을 기꺼이 받아들이게 될 것입니다. 그렇지만 누구든지 처음에는 '이 사람은 좋은 사람일 거야' 하는 생각에서 그런 결정을 내리게 되는 것은 당연합니다.

그래서 처음에는 '내 연인은 아직 아니야'라고 생각하지만,

점차 '그렇게만 생각할 건 없지 뭐. 이 사람은 나를 사랑하고 있잖아'라는 마음으로 변하고, 마침내는 '이 사람은 참 멋있는 사람이야.'라는 연애 심리가 당신을 사랑으로 몰고 가게 되는 것입니다.

이러한 예는 사랑을 하고 있는 여성들 거의 모두에게서 감지할 수 있는 심리 과정이라 하겠습니다. 물론 연애라는 것은 도취 상태의 감정이기 때문에 상대방을 냉정하게 실험실의 동물을 관찰하듯 살펴보라는 것은 아닙니다.

사랑을 하게 되면 곰보도 보조개로 보인다고 하지 않습니까. 하지만 자신의 운명을 맡겨야 할 상대라면 되도록 냉정하게 그 성격이나 취미, 사고방식 등을 관찰해 본 다음에 자기와 잘 맞는가를 판단해서 선택해야 하는 어려움이 있습니다.

연애 그 자체만을 사랑하게 되면 냉정함을 시작부터 잃게 됩니다. 그리하여 상대방이 생리적으로 싫지 않다는 감정에 사로잡히면 기대 이상으로 높은 점수를 주는 위험이 따르게 되는 것입니다.

그것은 진정으로 그를 사랑하고 있는 것이 아니라, 당신 스스로가 멋있게 꾸며 놓은 그 사람(이것을 연애 용어로는 사랑의 결정작용이라 부릅니다)에게 연정을 품고 있기 때문입니다. 진정으로 그를 사랑하고 있는가, 아니면 연애를 너무 동경한 나머지 자기 스스로 장식해 놓은 그를 사랑하고 있는가를 진지하게 생각해 보십시오. 이것이 첫번째의 자기 깨달음이며 사랑의 기술의 출발점입니다.

또 하나는 그를 사랑할 때, 질투와 연애를 혼동하고 있는 것이 아닌가? 하는 점입니다.

'질투와 연애를 혼동하다니 그런 실례의 말씀은 하지 마세요.'

라고 화를 내실지 모르겠습니다만, 뜻밖에도 그런 경우가 많다는 것을 염두에 두시기 바랍니다.

2 / 질투에 대하여

　2년 전부터 내가 잘 알고 있는 여학생 P양은 그다지 미인은 아니었습니다. 그러나 자기의 개성을 살린 화장과 복장을 하고 나의 강의실을 찾는 다소 말괄량이 학생이었습니다.

　재치있는 말 솜씨에 신입생 환영 파티가 열리면 춤도 잘 추는 여학생이었으므로 남학생들로부터의 인기는 대단했습니다. 언제나 두세 명의 남학생에 둘러싸여 있는 것이 자주 눈에 띄었습니다.

　그 남학생들 중에도 K군과 S군이 특히, 그녀에게 열중해 있다는 것을, 교수인 나까지도 알고 있을 정도였습니다. K군은 키가 크고 다소 신경질적인 성격으로 미국의 영화배우 제임스 딘을 닮은 청년이었고, S군은 키가 그다지 크지는 않았지만, 몸이

다부진 건장한 학생이었습니다. 내가 P양의 인기에 대해 가끔 놀리기라도 하면,

"교수님, 그 애들은 우리 그룹의 멤버일 뿐이에요."

하며, 약간 짜증을 부리는 것조차도 귀여웠습니다.

실제로 P양의 입장에서는 우울한 표정을 지으며 음악이나 미술을 좋아하는 K군과 시간을 보내는 것도 나쁘지는 않았던 모양입니다. 한편 다부진 체격에서 우러나오는 건강미를 과시하며 요트 선수이기도 한 S군과 지내는 것도 즐기는 것 같았습니다.

나는 때때로 이 세 사람과 함께 차도 마시고, 때로는 모임에서 같이 대화를 나누기도 했습니다. 한편으로는 그런 그들을 관찰하는 것이 퍽 유쾌했습니다.

P양은 겉으로는 매우 유쾌한 척하면서도 두 사람 사이에서 뭔가 망설이고 있는 듯한 표정이 엿보이기도 했습니다. 망설이고 있다고 말했지만, P양은 그 두 사람에게 다소의 책임이 없는 것도 아닙니다. 때로 그녀는 두 남자가 다 자기에게 초조한 마음을 갖도록 그렇게 만들어 놓고는, 그것을 즐기고 있는지도 모릅니다.

'일이 잘 진행되어야 하는데······'

하며 나는 세 사람의 우정에 금이 가지 않기를 빌었습니다.

봄 방학이 끝난 어느 날의 일이었습니다. 새 학기가 시작되었습니다만, 강의실에서 K군의 모습이 안 보였습니다. 어디 아픈 것이 아닌가 하여 그와 친한 학생에게 물어보았더니,

"교수님, K는 지금 고향에 내려가 있어요. P양이 S군하고 약혼했기 때문에 녀석이 많이 낙심했나 봐요."

라고, 말하는 것이 아니겠습니까. K군의 고통을 생각하면서 나는 그에게 다음과 같은 말을 전해 달라고 했습니다.

"연애는 시간을 잃어버리게 하지만, 시간은 연애의 고통을 잊게 해준다."

그런데 P양은 어떤 이유로 S군을 택했을까요. 나는 그게 궁금했습니다. 이것은 나중에 안 일이지만, P양과 S군은 그 후 1년 가까이 연애를 계속하다가 결국은 성격이 맞지 않았던지 파혼을 하였다는 것입니다.

작년 6월이었습니다. 나는 비에 젖어 있는 도심 한복판에서 우연히 P양을 오래간만에 만났습니다. 2년 전만 해도 그렇게 활기에 차 있던 그녀였었는데, 지금은 어딘지 모르게 피로의 그늘이 그녀의 몸 전체에 드리워져 있었습니다.

"졸업한 뒤 뭘 했지?"

"무역 회사에 근무하고 있지만 따분해요."

그녀와 나는 찻집으로 들어갔습니다. 창밖에는 우산을 비스듬히 쓰고 오가는 사람들의 물결이 흐르고 있었습니다. 그녀는 스트로를 손가락으로 만지작거리면서,

"선생님께 하고 싶은 말이 있어요. 저 S하고 약혼했던 거 잘못이었어요."

"소문으로 알고 있었어."

"K한테 내가 못할 짓을 했어요. 지금도 미안하게 생각하고 있

어요."

"이제는 할 수 없잖아. 그런데 S군이 어째서 좋아졌던 거지?"

"그게 처음부터 잘못이었어요, 교수님."

P양은 매우 괴로운 얼굴로 나를 바라보며 이야기를 하기 시작했습니다. 그녀는 그 당시 K군도 S군도 싫지 않았습니다. 무엇보다도 그 두 사람으로부터 사랑받고 있다는 것을 여성다운 감수성으로 느끼며 자랑스러워했을 정도입니다. 그것은 젊은 여인으로서는 더없이 기분이 좋은 일이었습니다. 하지만, 그녀는 그 당시 결혼이나 약혼은 아예 생각하지 않고 있었습니다.

그러던 어느 날 묘한 사건이 일어났습니다. 그녀는 K군으로부터 음악회에 초청을 받게 되었습니다. 여느 때 같으면 쾌히 승낙했을 것이지만, 그녀는 그날 용무가 있어서 하는 수 없이 거절했습니다.

K군이 매우 실망한 얼굴을 하고 돌아간 뒤 그녀는 예상보다 일이 빨리 끝났기 때문에 그가 좀 안 되었다 싶어서 서둘러 택시를 타고 그 음악회가 열리고 있는 장소로 달려갔습니다.

"나, 미안해서 이렇게 달려왔어."

"고마워, 정말."

그의 기뻐하는 모습을 상상하면서 P양은 휴게 시간에 복도에서 K군을 찾았습니다. 그런데 K군이 음악당 베란다에서 같은 클라스의 M양과 아주 다정하게 이야기를 나누고 있는 모습을 발견했습니다. 공교롭게도 P양과 M양은 클라스에서 성격이 잘 안 맞아 서로 경원하던 사이였습니다. 물론 겉으로는 친한 척

했지만 마음속으로는 서로가 헐뜯고 싶은 관계였습니다.

그녀는 분노인지 원망인지 모를 격한 감정이 울컥 치밀어 올라와 참을 수가 없었습니다. 하필이면 상대방이 M양이었다는 사실과 만나면 기뻐해 줄 것으로 알았던 K군이 그런 배신을 할 줄은 꿈에도 상상하지 못했던 것입니다. 환멸과 모욕감이 그녀의 마음을 아프게 했습니다.

'좋아, 아무 여자와 갈 수 있는 음악회였다면 애당초 나를 찾지 말았어야 했던 거 아니야.'

그녀는 입술을 깨물며 배신당한 슬픔을 안고 황급히 홀을 나왔습니다.

"교수님, 그런 일이 있은 후 S가 갑자기 좋아졌어요."

"그건 좋아졌다기보다 K군을 괴롭히려고 그랬던 거 아니야?"

"교수님도, 그렇게 노골적으로 말씀하시지 마세요. 그렇지만, 그건 사실이었어요. 그러나 그때 제 기분은 냉정할 수가 없었어요. 버림 받았다는데 화가 치밀어 올라, 나 스스로를 조정할 수가 없었어요. S와 교제하면서 나는 처음부터 S를 더 좋아하고 있다고만 생각하려고 했지요."

"그래서 약혼까지도 하게 되었다 이거군?"

"교수님, 그래서 전 그때 S를 정확히 관찰할 수가 없었던 거예요. 출발이 잘못되었던 거죠. 정신을 차렸을 때는 두 사람의 성격 차가 너무도 컸고, 그의 결점이 서서히 드러났던 거죠."

P양은 이야기를 끝내자 빨간 베라모를 쓴 뒤 레인 코트의 깃을 세우면서 비에 젖은 듯한 얼굴로 나에게 "교수님 안녕히

가세요"라고 말했습니다. 나도 "안녕"이라고 낮은 목소리로 대답해 주었습니다.

　P양의 이야기를 듣고 여러분들은 어떤 생각을 하십니까. 아마 여러분 중에 그녀의 경박한 듯한 성격이나 지나치게 강한 자존심에 눈살을 찌푸릴 분도 계실 것입니다.

　그러나 지친 듯한 모습으로 군중 속으로 사라진 그녀는 너무도 아픈 상처를 입은 젊은 여성이 아닙니까. 그녀의 실패는 질투와 애정을 바꿔치기한 데 큰 잘못이 있었던 것입니다.

　P양의 경우는 질투라기보다 K군에게서 자존심을 상처 받은 데 대한 복수심 때문에 S군한테로 달려가 버린 것이지만, 이것과는 반대로 질투 때문에 그 남성에 대한 집착이 급격히 강해지는 심리 현상도 흔히 있습니다. 별로 관심을 갖고 있지 않던 청년이 막상 다른 여성을 사랑하는 것을 알았을 때 갑자기 그에게 관심이 가기 시작했다는 여성도 있었습니다.

　질투라는 것은 그 시작이 열등감에서 싹트는 것이지만 연애의 경우는 오히려 모욕감이나 자존심을 여지없이 짓밟혔을 때 그 고통에서 싹트는 것입니다. 이 고통이 심하면 심할수록 그에 대한 집착이 더 깊어지게 마련입니다.

　지금까지는 그렇게 애착을 느끼지 않았던 물건이라 해도 누군가가 그것을 가져가 버리면 갑자기 그 물건에 애착심이 생겨서 무엇하고도 바꿀 수 없는 것이거나 한 것처럼 달라집니다. 더욱이 그것이 자기를 사랑해 주던 남성인 경우라면(가령 자기가 그렇게까지 사랑하지 않았더라도 싫지 않은 이상) 고통과

적막함을 맞보게 되는 것이 여자의 마음입니다. 여기에 함정이
있습니다.

질투에서 시작하여 급격한 집착으로, 그리고 이 본능적인 집착
이 열정이나 애정으로 바뀌어지게 됩니다. 그것은 우리들이 때때로
빠지기 쉬운 사랑의 함정이거나 착각이기도 합니다.

질투는 일종의 열병과 같은 것입니다. 가령 질투에 사로잡혀
있는 사람을 관찰해 보시기 바랍니다. 그 사람에게는 모든 것이
질투의 원인이 됩니다. 질투가 심한 아내는 남편이 세수하고 면
도하는 것까지도 의심을 합니다.

"저 이는 내가 아닌 딴 여자에게 잘 보이려고 저토록 치장을
하는 거지 뭐야."

이렇듯 아내는 엉뚱한 생각을 하곤 합니다.

그가 회사에 있는 동안에도 아내는, "지금 회사로 딴 여자한
테서 전화가 걸려 왔는지도 몰라."하는 생각을 합니다. 남편이
회사 일로 지방 출장을 갔을 때도 그 여행을 의심합니다.

이러한 질투의 감정을 여러분은 너무 지나치다고 생각하실
것입니다. 그러나 질투라는 것은 인간을 그렇게까지 극단적이고
비이성적으로 만들어 놓을 뿐만 아니라, 때로는 무서운 파국을
초래하기도 합니다.

그렇다고 해서 누구나 다 그런 병에 걸리는 것은 아닙니다.
그렇지만, P양의 예에서처럼 다소의 상황은 다르겠으나,
우리들 가운데서도 그 같은 발작이 안 일어난다고 단언할 수는
없습니다. 사랑은 우선 상대방을 알려고 하는 의지에서 시작해서

싹튼다고 합니다. 질투심은 인간의 의지를 약하게 만들고 이성적인 판단마저 흐려지게 하는 중독성이 강한 미약과 같은 것이기 때문입니다.

질투나 모욕감으로 인하여 자존심이 손상받게 되고 그에 따르는 괴로움으로 하여 비뚤어진 사랑의 길을 가지 않도록 P양의 경험담을 거울삼아 냉정하게 생각해 보시기 바랍니다.

또 한 가지 예를 참고로 들어보겠습니다. 이것 역시 내가 잘 아는 무역 회사에 근무하고 있는 C라는 여성의 이야기입니다. 그녀는 같은 직장의 M군에게 호의를 갖고 있었습니다. 그러나 그 호의가 연애 감정은 아니었습니다.

그런데, 어느 날 그녀는 M군이 다른 여성과 데이트하는 것을 목격하게 되었습니다. 그 여성은 그녀와 같은 직장에서 항상 팽팽한 라이벌 관계에 있는 H양이었습니다. 그 H양이 일하는 데 있어서의 라이벌 관계까지는 참을 수 있다 하더라도, 이것만은 견딜 수 없다는 생각이 들었습니다.

불현듯 강렬한 질투심이 솟구쳐 올랐습니다. M군을 경멸하는 한편 미워하려고 노력했습니다. 그런데, 그러면 그럴수록 지금까지 느껴보지 못했던 감정이 생기며 미워해야 할 M군에게 도리어 관심이 가기 시작하는 것이었습니다.

그래서 그녀는 H양에게 지지 않으려고 M군을 열정적으로 사랑하기에 이르렀습니다. 좀 극단적인 예이기는 합니다만, 그러나 질투는 열정을 보다 강하게 불붙게 하는 기름이라고도 할 수 있습니다.

'질투와 사랑'을 혼동하게 되면 이처럼 '연애를 사랑한다'는 묘한 감정에 사로잡혀 상대방을 제대로 파악도 하기 전에 그 환영에 빠져들게 되어 마침내는 돌이킬 수 없는 함정에 빠지게 되는 것입니다.

이미 연애를 하고 있는 분이나 이제부터 연애를 하려고 생각하는 사람이라면 이러한 사실들을 알아두어서 손해 볼 것은 없다는 생각도 가져 보시기 바랍니다.

자, 가슴에 손을 얹고 사랑을 정확히 진단해 보십시오.

'나는 진정으로 그를 사랑하고 있는 것인가 하고……'

3
데이트 에티켓

오늘은 그와 연인 관계가 성립되기 적전 또는 연인이 된 뒤의 데이트에 대해서 여러분과 같이 생각해 보기로 하겠습니다.

물론 여기서 말하는 것은 원칙적인 것입니다. 의사가 환자의 성격과 체질에 따라서 처방전을 만들 듯이 여러분도 이 원칙 위에서 자기 나름대로 활용해 보시기 바랍니다.

데이트를 하고 있을 때 언제나 염두에 두어야 하는 것은 당신을 조금씩 절제하면서 내보이라는 것입니다. 여러분들 중에는 비교적 냉정한 성격을 가진 분도 있을 테고 열정적인 성격을 가진 분도 계실 것입니다.

특히 열정적인 사람은 지난날의 자신을 한번 생각해 보시기 바랍니다. 10대 시절 세계적인 팝송 가수의 음악회에서 기성을 올리며 몸을 흔들어 대면서 광기를 부린 기억이 있습니까?

또는 자기가 좋아하는 배우를 누가 욕이라도 할 것 같으면 화를 내며 싸우려고 덤벼든 적이 있습니까? 만일 그러한 경험이 있다면, 당신은 틀림없이 열정적인 여성입니다. 그같은 열정적인 여성은 물론이고 그렇지 않은 여성이라 해도 처음 누군가를 사랑하게 되면 미치게 됩니다.

데이트를 할 적마다 그 열렬함이 점점 커가는 것이 사랑의 마음입니다. 그러한 경우라면 당신들은 연인에게 자기를 조금씩 보여주어야 하는 기술을 잊어버리고 있다는 것은 모를 것입니다. 결국은 자기를 다 드러내서 그에게 주려고만 하는 맹목적인 사랑의 불밭을 스스로 만들게 됩니다.

'이 사람은 나의 연인이다. 이 사람만큼은 믿을 수 있어.'

그러한 기분을 가지고 얼마 안 가서는 당신의 모든 것을 드러내게 되지요. 이를테면 그에게 열중하고 있다는 사실을 서슴없이 고백해 버린다면 이것은 잘못된 사랑의 행위입니다.

왜 잘못인가 하면, 거기에는 너무도 당연한 이유가 있습니다. 그 이유라는 것은 아무리 당신의 연인이 신뢰할 수 있는 남자라 해도 그의 마음속에는 남성 특유의 본능이 숨어 있기 때문입니다. 그 본능이라는 것은 '미지에 대한 정복감과 호기 심'입니다.

보다 알기 쉽게 말씀드리면, 현재 그가 당신에게 갖고 있는 열정의 40%는 당신이 아직 미지의 여인이며 젊음을 발산하는 신선함이 있기 때문입니다. 당신의 마음이 그에게 어느 만큼 기울어져 있는지를 모르기 때문입니다.

남성의 마음속에는 미지의 것, 신비스럽고, 수수께끼 같은 것을 알고 싶어 하는, 탐구하고 정복하고자 하는 강렬한 본능적인 욕망이 있는 것입니다.

그러한 욕망은 언제인가는 남성으로 하여금 자신의 운명뿐만 아니라 사회 현실과 싸워나갈 수 있는 원동력으로 변모되는 것입니다. 동시에 이 본능이 연애 심리 속에서는 형태를 달리 하는 야성으로 나타나게 됩니다.

이 야성의 남성이 당신에게 갖고 있는 사모의 감정에는 당신의 마음을 잡아보고 싶다, 자기 것으로 소유하고 싶다. 그리고 사랑의 힘을 시험해 보고 싶다고 하는 본능이 잠재해 있다는 사실을 솔직히 인정해야 할 것입니다. 이 야성적인 남성의 본능을 당신이 이미 다 만족시켜 주었다면 어떻게 될까요?

여성의 마음속에는 '아낌없이 바치리라'라는 모성적인 감정이 있습니다. 이 충동 자체는 매우 아름다운 것이기는 합니다. 그러나 잘못 사용하면 곧 후회하게 된다는 사실을 알아야 합니다.

아무리 맛있는 케익이라도 처음부터 지나치게 먹었다면 '아, 질려' 이렇게 생각되어질 것입니다.

연애를 시작하자마자 '아낌없이 바치리'라는 박애 정신으로 그에게 당신의 모든 것을 다 드러내보이면, 그날부터 그에게 있어서 당신은 미지의 여인이 아닙니다. 신비스러운 수수께끼 같은 존재도 신선한 대상도 아닙니다.

메꾸어야 할 공간을 모두 채워 버리고 난 뒤의 공허감과 적막함 같은 것이 그의 가슴에 바닷물처럼 밀려들 것입니다.

한편 그가 지혜롭고 책임감 있는 성실한 젊은이라면 그 공허감을 아름다운 사랑의 꽃으로 가꾸겠지요. 그러나 연애가 갖고 있는 매력, 즉 상대방을 조금씩 알아가는 데 대한 즐거움이나 상대방의 사랑을 조금씩 맛보아 가는 데이트의 기다림 같은 것이 엷어져 갈 것입니다.

그러므로 나는 여러분에게 '연애 중에는 자기를 조금씩 내보이십시오.'라고 권하고 있는 것입니다. 데이트 첫날부터 그에게 자기의 마음속을 다 보이지 말라는 충고입니다.

언행이나 얼굴 표정을 통해 사모의 정을 노골적으로 나타내 보이는 것은 금물입니다. 적극적으로 자기의 감정을 나타내 보이면 처음에는 남성의 자존심을 부추기게 되어 좋아하겠지요. 그러나 그것은 남자의 이기심이나 자만심을 키워주는 결과를 낳고 맙니다.

데이트를 시작했다면 영화를 보고 차를 마시고 어둡기 전에 집으로 일찍 귀가하도록 하십시오. 당신의 연인이 "다음 일요일에도 만나 줄 거지?"하며 약간 애를 태우는 것도 좋은 방법일 것입니다. 애정의 표현도 처음에는 매우 조심하도록 하시기 바랍니다. 가벼운 입맞춤이라도 되도록 삼가는 것이 현명한 자세입니다.

악수 정도는 괜찮겠지요. 때로 당신의 연인이 슬픈 표정을 짓거나 고통스런 시선을 던지며 "우리 사랑하고 있잖아, 안 그래? 그런데 무엇 때문에 그러는 거야?"라고 호소해 올 때도 있을 것입니다.

그런 때는 조용히 미소지으며 고개를 가로 저으십시오. 상대가 성실한 남자라면 오히려 당신을 존경할 것입니다. 그러나 독선적인 기분으로 당신에게 접근해 오는 남자라면,

"알았어. 당신의 사랑이 그 정도인 줄은 미처 몰랐어."

라고 말하며, 실망한 듯한 표정을 지어 보일 것입니다.

그가 그러한 태도를 취할 때 당신은 매우 쓸쓸한 기분에 사로잡힐 것입니다. 그러나 내가 그러기를 잘 했다는 생각이 들 때가 반드시 올 것입니다.

다음의 이야기를 들어보시기 바랍니다.

데이트를 하게 될 때, 아직 누구한테서도 들어보지 못한 주의 사항 몇 가지를 들어 보겠습니다.

1. 당신의 연인이 사회인이라면 경제적인 부담을 느끼지 않겠지만, 학생 신분일 때는 그가 데이트 비용 전부를 지출할 수는 없을 것입니다. 열 번에 한두 번 정도는 당신이 지불하도록 하십시오. 물론 남성이 여성을 대접해야 하는 것이 예의겠지만, 상대방의 경제적 부담에 대해서 당신 쪽에서 신경을 쓰는 것도 좋은 배려입니다.

그럴 때 상대방은 당신을 새로운 눈으로 보게 될 것입니다(상대방 남자의 자존심이 상하지 않도록 하는 것도 중요합니다). 동양 여성들은 남성이 데이트 비용을 부담하는 것이 예의이며, 그것이 원칙인 줄로 이해하고 있습니다. 내가 프랑스

대학에서 본 젊은 연인들은 데이트 비용을 언제나 같이 부담하는 것을 보았습니다.

"그 사람 아직은 용돈을 부모에게서 타 쓰는 형편이라, 혼자서 부담하기에는 벅찰 거예요."

하며, 브론드 머리의 여학생이 웃으면서 말해 주었습니다. 이러한 마음 씀씀이가 옆에서 보기에도 기분 좋은 모습이었습니다.

2. 그가 회사에 관한 일이나 학교에서의 연구하고 있는 일에 대해서 얘기를 꺼냈을 때, 당신이 모르는 것일지라도 열심히 듣는 척이라도 하십시요. 그것은 그의 당신에 대한 신뢰감을 불러일으키는 작용을 할 것입니다.

"나 그런 어려운 거 하나도 몰라, 재미도 없구."

하며 외면하지 말고 가끔 고개를 끄덕이며 듣고 있는 척해서 손해 볼 것은 없습니다. 그런 이야기를 듣는 것 자체가 고통스러운 일이라 해도 당신이 사랑하는 사람이라면 그렇게 하는 것이 좋습니다. 결혼한 뒤에는 자신의 일에 대해서 조개 입처럼 굳게 다물어 버릴 테니까요.

3. 데이트 할 때 그와 함께 있는 동안은 표정을 언제나 편안하게 가지시기 바랍니다. 찻집이나 길거리, 전철 같은 데서 당신 아닌 다른 여성에게 눈길을 준다 해도 험악한 표정을 짓거나 눈을 흘겨서는 안 됩니다.

당신의 성의 없는 표정을 그가 보기라도 하면, 그는 당신에게

불쾌감을 갖게 될 것입니다. 남성의 눈에는 자기의 연인이 동성에
대해 질투하고 있는 것을 별로 기분 좋게 생각하지 않습니다.

4. 더 이상 말할 내용이 없습니다.

자, 그와의 약속 시간에 늦지 않도록 빨리 가시기 바랍니다.

시간을 엄수할 것. 그를 30분이나 기다리게 해 놓고 당신에
대한 애정을 시험해 보는 방법은 19세기 때나 하던 낡은 수법입
니다.

한편 무슨 까닭인지 모르겠습니다만, 여성의 양말이 흘러 내려
주름이 잡힌 것을 보면 남성들은 절망적인 슬픔을 느낀다는
이야기도 있습니다.

글쎄요, 왜 그럴까요.

4 / 데이트 경제학

앞에서는 다소 이론적인 이야기만 했습니다만, 이번에는 구체적으로 데이트 경제학에 대해서 이야기하기로 하겠습니다.

데이트 경제학이란 과연 무엇일까요. 그러나 이런 경제학은 어느 학교에서도 가르치지를 않습니다.

그런 과목은 없으니까요. 여러분은 연인과 적어도 1주일에 한 번 정도는 데이트를 할 것입니다. 그럴 때 대부분은 그가 극장의 관람료나 찻값을 지불할 것입니다.

그런데, 그의 경제적인 부담, 그 비용이 대체 얼마쯤이나 되는지 계산을 해 보면 어떨까요. 물론 데이트에도 여러 가지가 있을 것입니다. 차를 타고 바닷가 호텔 같은 곳에 가서 식사를 하는 고급 데이트가 있는가 하면, 데파트의 휴게실에서 공짜로 주는 보리차나 마신 뒤 옥상에 올라가서 시간을 보내는 경제적인 데이트 등 그 유형은 다양할 것입니다.

그 중간쯤에 표준을 두고 생각해 봅니다.

우선 작은 카페에서 만난다. 거기서 커피값으로 최소한 1만 원 이상은 지불해야 한다. 카페를 나와서 길거리를 맥없이 걷다가 두 사람이 영화관에 들어가게 된다. 이 영화 관람료도 몇 만 원을 지불해야 한다. 뿐만 아니라 관람을 하면서 오징어나 팝콘이라도 사 먹어야 한다. 추가 예산이 든다.

영화를 보고 나면 이미 밖은 어둡다. 그런데 이대로 헤어지기는 아쉽다. 한 시간이나 두 시간 정도 함께 더 있고 싶다. 시계를 보니 7시를 지나고 있다. 남자의 체면상 아무래도 "식사나 할까 요?"라고 말하지 않을 수가 없다.

그런데, 그게 연인과 함께 할 식사라면 중국집 같은 데 들어가서 "이봐, 여기 자장면 한 그릇씩"이라고 주문할 수는 없다. 결국에는 하는 수없이

'레스토랑RESTAURANT'이라고 가로 쓴, 맵시가 좀 있어 보이는 데를 골라서 들어갈 수밖에 없다. 이런 양식집의 종업원일수록 짓궂은 친구들이 많아 비싼 식사를 연인에게 권한다.

"저 리용 스프에 이탈리아 나폴리의 마카로니가 어떠신지요, 손님?"

집에서는 라면을 끓여 먹는 게 고작인데, 나폴리다 리용이 무슨 소린지 알 수가 없다. 그가 알고 있는 사실은 그 같은 식사는 '눈이 뒤집힐 정도로 비쌀 것이다'라는 것밖에는 모른다.

불안해서 우물쭈물하는 그에게 종업원은 "들어보시죠. 맛이 있습니다."하며 더욱 난처하게 만든다. 그는 가지고 온 리용식 스프의 맛보다도 계산서에 더 신경이 쓰일 뿐이다. 여기서의 음식값을 대충 삼만 원쯤으로 잡자.

자, 그러면 비용의 전부를 합산해 보기로 하겠습니다.

적어도 몇 십만 원 정도는 최소한 될 것입니다. 하루 데이트 비용이 몇 십만 원, 이 비용을 당신의 상대는 데이트 때마다 지출하지 않으면 안 된다는 계산입니다.

그가 학생인 경우라면 이 돈을 만들기 위해 얼마나 고생하였겠습니까. 월급쟁이라 해도 연인에게 한두 번 정도야 괜찮겠지만, 이것이 자주 거듭되면 무리가 안 갈 수가 없을 것입니다.

그러므로 정직하게 말씀드리면, 남성의 대부분은 데이트 때마다 항상 주머니 사정에 고심하게 되는 것입니다.

'정말 야단 났는데, 이제 동전 몇 개 밖에는 안 남았는데?'

인색한 남성의 경우라면 당신을 보내놓고 나서는 알 수 없는 후회감 속에서 그 돈이 아까운 나머지 입맛까지 다시며 아파할 것입니다.

'이건 너무 많이 써버렸잖아, 아무리 그녀를 위해서 썼다 해도 지출이 너무 큰데. 내일부터 며칠 동안은 점심을 굶어야겠어.'

이렇게 생각하는 남성의 심리를 여러분은 너무 하다고 생각하겠지만, 이런 마음가짐이 비낭만주의적이라 해도 어쩔 수 없는 현실이니까요. 만일 반대로 당신 쪽에서 데이트할 때마다 그를 대접해야 하는 입장에 있다면 어떻게 되겠습니까.

남성 쪽에서 부담해야 하는 데이트 비용과 그런 데서 생기기 쉬운 심적 부담을 조절해야 하는 것이 데이트 경제학입니다. '데이트 비용은 남자에게 맡기면 될 것'이라며, 못마땅해 하는 여성이 있을 것입니다. 그러나 이 문제는 여성과도 관계가 있습니다.

왜냐하면, 당신의 연인은 데이트 때마다 장래에 자기의 아내로서 가정 경제를 잘 꾸려나갈 것인가 하는 경제적 관점에서 당신을 관찰하기도 할 것입니다.

자기의 월급, 자기의 주머니 사정을 생각해 주고 있는가 하는 점까지도 검토하고 있는 것입니다.

한 예를 들어봅니다. 남성이 가장 싫어하는 것 가운데 하나는 데이트할 때마다 그녀는 '돈을 쓰는 것은 당연'하다는 태도를 노골적으로 보일 때입니다.

"난, 순대국 같은 건 입에 대지도 않아요."

라고 종알거리는 여성, 이것은 아무리 빼어난 미모를 갖춘 여성이라 해도 들었던 정마저 떨어지게 하는 잘못된 태도의 사고방식입니다.

그것은 금전 문제라기 보다 결핍된 애정의 표현이라고 할 수 있습니다. 물론 "그야 남성의 여성에 대한 에티켓 아닌가요?"라고 생각하시는 분도 계실 것입니다.

"선진국에서는 그렇게 하잖아요. 여성에게 부담 지우려는 건 동양 남성의 봉건적 심리 아닌가요?"

하지만, 잠깐만 참아주십시오. 앞에서 프랑스에 있을 당시의 나의 경험을 말씀드렸을 것입니다. 남성이 데이트 때마다 모든 비용을 지불해야 한다는 원칙이 없다는 것을 말입니다. 젊은 연인들이 데이트를 즐길 때 쓰는 경비는 서로 나누어 부담하는 것을 나는 자주 목격하곤 했습니다.

"왜 그렇게 하지?"

하고 내가 물으면 금발의 젊은 여학생은 가볍게 미소 지으면서,

"그에게는 아직 능력이 없어요. 집에서 부쳐 온 돈으로 쓰고 있거든요. 나도 마찬가지고요. 그러니 부담을 서로 나누어 가져야 하잖아요."

라고 했다고 앞에서 내가 말씀드린 바 있음을 기억하실 것입니다.

나는 그때 그 말을 듣고 참 좋은 기분이었습니다. 아름답다고까지 생각했습니다. 데이트 경제학은 이처럼 여성 쪽에서 염려해 주는 마음에서 성립되는 것입니다. 그를 진정 마음속으로 사랑한다면, 장래에 그와 따뜻한 가정을 함께 하고 싶다면, 무리한 비용을 쓰지 않도록 신경을 써 주는 게 진정한 애정의 표시가 아니겠습니까.

나는 즐거워야 할 데이트가 돈에 대해여 너무 신경을 쓴 나머지 초라한 분위기로 만들려고 하는 것은 절대로 아닙니다. 두 사람만의 즐거운 시간을 위해서라면 사정이 허락하는 한 멋있게 보내야 한다는 것에 대해서는 절대적인 동감입니다. 그야 작고 조촐한 식당에서 라면 한 그릇을 놓고 데이트하는 것보다,

달빛이 흐르는 산장의 정원 같은 데서 샴페인을 곁들인 만찬을 하는 편이 훨씬 두 사람의 정감을 북돋아 줄 수는 있을 것입니다.

그런 경우 당신은 경제적으로 그를 조용히 도와주도록 해 보시기 바랍니다. 도와준다는 것은 전부를 다 당신이 부담하라는 뜻은 아닙니다.

"나 이런 사치한 곳 아니라도 괜찮아요."

"정말 맛있게 잘 먹었어요."

그런 한 마디가 그의 마음을 얼마나 위로해 주는 것인지를 이해하라는 권유의 말입니다. 그리고 열 번에 한 번 정도는 상대방의 자존심을 안 다칠 정도로,

"오늘은 나한테도 한 번 기회를 주세요."

라고 말해 보시기 바랍니다.

대접받는 게 당연하다고 생각하고 있는 연인에 비해 얼마나 사랑스럽게 보이겠습니까. 그것만으로도 서로의 사랑을 나누는 행복의 시간을 가질 수 있습니다. 그처럼 마음을 쓰면서 데이트 경제학을 합리적으로 이끌어 가고자 하는 분을 위해 두 가지 방법을 말씀드리도록 하겠습니다.

1. 비율을 정해 놓고 나누는 방법

이것은 두 사람 모두가 직장에 근무하고 있는 경우라면 아주 좋은 방법 중의 하나가 될 것입니다. 두 사람의 월급(용돈)에서 데이트 비용으로 따로 떼어 놓는다면 그 비율을 6(남성) 대 4(여성) 정도로 하면 어떨까요? 그런데, 이 방법은 남성이 먼저

제안할 수는 없으므로 여성인 당신이 제안해 보면 어떻겠습니까?

2. 선물로 해결하는 방법

　이것은 데이트 비용을 일체 남성 쪽에서 책임지기로 한 약속에서 할 수 있는 방법입니다. 그것은 당신이 그에게 넥타이나 지갑 등의 사소한 것을 사서 선물하는 방법입니다. 이 방법은 합리적이라고는 할 수 없지만, 그 대신 분배를 싫어하는 상대방에게는 좋은 정감을 갖게 할 수 있을 것입니다.

　그밖에도 여러 가지 방식의 경제학을 활용해 나가는 방법도 있을 것입니다. 그 방법은 여러분이 각자 자기의 연인의 성향에 따라 선택할 수 있을 것입니다. 이러한 방법을 너무 타산적이라고만 생각하지는 마십시오.

　유명한 프랑스의 작가 루소는 다음과 같이 말했습니다.

　'남성으로 하여금 돈을 요령있게 쓰게 하는 여성은, 가정을 잘 운영해 나가는 아내가 될 수 있다.'

5/매력 없는 남자

여름의 산상 찻집에서 세 여자가 아이스크림을 핥으며 이야기꽃을 피우고 있었습니다.

"얘, 너희들 어떤 때 남자 애들한테서 환멸을 느끼니?"

귀여운 혀로 크림을 핥으면서 한 여자가 친구에게 묻는 것을, 나는 건너편 테이블에 앉아 있다가 무심코 듣게 되었습니다.

'이거 참 재미있는 내용인데……'

다소 실례인 줄 알면서도 귀를 그쪽에다 기울이게 되었습니다.

"그야 때에 따라 다르지, 뭐."

하며, 머리를 쇼커트하고 노랑 핫팬츠를 입은 여자가 대답했습니다.

"난 말야, 남자 애의 목덜미나 손톱부터 보게 돼. 아무리 그

애가 으시대도 목덜미나 손톱에 때가 낀 걸 보면 환멸을 느껴."

"동감이야, 넌 어때?"

이 말에 한 여자가 새처럼 눈을 또렷거리며,

"글쎄……"

하며, 막연하게 대답했습니다.

"참, 또 있어. 얘기하는 중에 코딱지 후비는 사람, 정말 난 딱 질색이야."

"어머, 누구니? 그 사람."

"벤츠^{별명} 그애, 언제나 그러거든. 얘기에 열중하기만 하면 금시 콧구멍에 손가락을 집어 넣잖아. 실례도 이만저만이 아니야. 그게 뭐니, 안 그래?"

세 여자는 동시에 소리를 내어 웃었습니다. 건너편에 앉아 밀크를 마시고 있던 나도 그만 웃음을 참다가 사례가 들릴 뻔했습니다.

'나는 그런 일이 없었나. 아니 가만있자, 나도 그런 일이 있었던가……'

젊은 여자들이 남성을 비판하는 이야기를 듣고 있으면, 나와는 무관계한 일이라고 여기면서도 금방 내 자신과 연관시켜 생각해 보게 되는 것입니다.

마치 바다에 팬티 없이 들어갔다가 부끄러워 나올 수 없듯이 그 찻집을 떠날 수가 없어서, 나는 우물쭈물하며 그냥 더 앉아 있을 수밖에 없었지요.

"그리고, 또 있어. 속옷 차림으로 앉아 있으면서도 아무렇지 않다는 애들도 봐 줄 수 없어. 정말, 꼴불견이야."

"맞아, 야간 열차나 기숙사 같은 데서 그런 것만 입고 다니는 남자를 보면 환멸을 느껴, 너무 하잖아."

그녀들의 이야기는 끝없이 이어지고 있었습니다. 내가 들은 남성에 대한 비판의 말들을 요약하면 '매력 없는 남성'이란 다음과 같았습니다.

1. 목덜미에 여드름이 더덕더덕 나 있는 사람.
2. 악수를 하거나 춤을 출 때 손바닥이 축축한 사람.
3. 자기 두뇌가 좋다든가, 미남자라고 으스대는 사람.
4. 여자 앞에서 야비한 말을 하는 사람.

잠시 후 그 찻집을 나온 나는 태양이 내리쬐는 거리에서 숨을 깊이 토해 냈습니다. 남자라는 족속이 건너편에 앉아 있는 데도 너무나 노골적으로 비판하는 그녀들의 말들이 하나에서 열까지 수긍이 갔습니다.

그러나 같은 남자로서 굳이 변명한다면, 목덜미에 여드름이 나 있는 것이라든가, 손바닥에 땀이 나서 축축하다는 것은 그의 인격이나 성격과는 별개의 문제가 아니겠습니까. 그런 것까지도 책망한다는 것은 좀 지나치다는 느낌이 들었습니다.

여자 앞에서 야비한 말을 하는 남성의 기분도 나는 다소 이해할 것 같습니다. 그들이 소심한 여자처럼 부끄러워하면서,

"저어 베토벤의 제9번 심포니를 너무 좋아하거든요."

얌전을 빼면서 말하는 것은, 어쩐지 좀 쑥스럽지 않을까요. 그들은 쑥스러움을 감추기 위해 반동적으로 거친 말투를 사용하게 되는 것 아니겠습니까.

그렇다면, 입장을 바꿔서 남성이 여성에게서 환멸을 느끼는 것은 어떤 경우인지를 말해 보겠습니다.

하찮은 일로 데이트의 즐거움을 상처 내게 한다는 것은 서로의 손해가 아니겠습니까. 가령 그가 처음으로 당신에게 키스를 하려고 할 때, 당신의 입에서 조금이라도 냄새가 난다면 어떻게 되겠습니까? 물론, 그 같은 일로 해서 애정에 변화가 생기는 남성은 좀 문제가 있는 사람이겠지요.

그러나 구취는 엽록소를 복용하면 없앨 수도 있는 것이니까, 조금만 신경을 쓰면 문제는 해결됩니다. 남성이 연인과 함께 있을 때 약간 환멸을 느끼거나 당황하게 되는 순간은 각 사람의 입장이나 성격에 따라 다르겠지만, 여기서는 일반적인 것만을 설명해 보겠습니다.

1. 약속 시간에 태연하게 늦는 사람, 늦고도 아무렇지도 않게 생각하고 있는 여자.

오후 5시에 어디서 만나자는 약속을 하고서도 20분이 지나도 모습을 나타내지 않습니다. 그것도 한두 번이 아니고 매번 그렇다면 늦은 만큼 남자의 마음도 차츰 멀어질 것입니다. 남성이 약속 시간에 늦은 상대방 여성을 만나고 싶다는 기다림은 최대한 15분 정도는 이해할 것입니다.

그러나 15분이 지나면 '왜 빨리 안 오지? 약속을 해 놓고……' 하는 마음이 시간이 흐름에 따라 점점 신경질로 변해 갑니다.

'이 여잔 자기 멋대로라니까, 사람을 뭘로 알고 있어.'

남자는 마침내 인격을 모독당한 것 같은 기분에 사로잡히게 됩니다. 그것도 15분 이내이면,

"미안해요, 기다리게 해서."

"아냐, 나도 금방 왔어."

하며, 싱긋 웃어 줄 수 있는 아량을 보일 것입니다.

그러나, 그 이상은 아무리 헌신적인 남성이라 해도 '누굴 뭘로 알아' 하는 불쾌감이 솟구치기 시작할 것입니다. 30분이나 기다리게 해 놓고도,

"저어, 오는 도중에서 친구를 만났거든요. 그래서 늦었지 뭐예요."

이럴 때에 아무리 참을성 많은 남성이라도…… 안 그렇습니까, 여러분이라면?

2. 너무 감상적일 때

사랑은 달콤한 것인지 모릅니다. 그러나 남성의 마음속에는 감상적인 것을 거부하고 싶은 일면도 갖고 있다는 점을 간과해서는 안 됩니다.

물론 두 사람의 열정이 고조되었을 때는, 가령 감상적인 말도 황홀하게 들릴 때가 있습니다. 그렇지만, 장소와 때를 가리지 않고,

"왜 그런지 쓸쓸해요."

라고, 여성이 중얼거릴 때 용기가 없는 남성은 두드러기가 몸에 확 돋는 것 같은 기분에 빠집니다.

3. 데이트 때 다른 남성(영화배우나 가수)을 아주 멋있다 고 칭찬했을 경우

둘이서 영화를 감상하고 영화관을 나와서 당신이 아직도 영화 장면에 매료된 기분에 휩싸여.

"아이 멋있어, 오마 샤리프란 배우. 그런 사람을 만날 수만 있다면……"

라고 무심히 말했다고 한다면, 그는 "그래, 그 사나이 멋있어." 라고 하며, 처음에는 동의할지는 모르나, 당신이 계속적으로,

"정말 멋있어. 그런 사람을 만나면 얼마나 행복할까?"

이런 말을 거듭 듣는다면 아무리 이해심이 많은 사람이라도 다소 차이는 있겠지만 상처를 받는다는 사실을 알아야 합니다.

'그래 난 오마 샤리프처럼 멋있는 남자가 못돼.' 하며 마음속 으로 자기 비하에 빠지면서 감정을 폭발시킬 것입니다.

"흥, 그 배우 대머리라더군. 가발이래, 몰랐지."

이렇게 그는 불쾌함을 내뱉을지도 모릅니다. 자존심을 내세우는 남성을 경멸하는 입장을 바꾸어서 생각해 봅니다. 그에게서,

"까뜨리드 드느브는 굉장한 미인이야, 나 반했어."

라는 말을 거듭해서 들었다면, 그 기분 알 수 있겠지요?

4. 지나치게 잘난 체하거나 상대방을 시험해 보고자 하는 마음이 엿보일 때.

가령 데이트를 끝내고 헤어질 때 "언제 또 만날 수 있을까?"라고 그가 물었다고 하면, 그럴 경우 안 된다든가, 좋다든가를 확실히 밝히는 게 남성에게 호감을 주는 하나의 방법입니다(연애가 어느 정도 진행된 뒤의 경우).

"글쎄요."

불분명한 대답은 그에게 고통이기도 하고 사랑의 마음에 상처를 입히는 일입니다. 이상과 같은 점은 조금만 노력하면 잘 해낼 수 있는 기회를 마련할 수 있을 것입니다.

이렇듯 남성이 어떤 때 실망하는가를 미리 알고 두 사람의 데이트를 지속해 가면 사랑의 목적지에 다다를 수 있을 것입니다.

6/ 열정, 권태, 불안

아직 연애를 하지 않고 있는 여성이라면, 당신은 사랑이라는 말만 들어도 어쩐지 울고 싶은 차분한 행복을 그려 볼 것입니다. 그러나 지금 사랑을 하고 있는 여성이라면 어쩌면 사람을 사랑하는게 이처럼 괴로운 것인가를 깨달았을 것입니다.

연애라는 것은 달콤하고 차분한 행복의 상징처럼 생각해 왔지만, 막상 해 보면 가슴이 압박당하는 듯한 고통이 뒤따른 다는 것을 경험했을 것입니다. 이 모순은 대체 어떻게 된 것일 까요?

'연애는 행복한 것인가. 아니면 고뇌스러운 것인가.'

이 문제를 여러분과 함께 생각해 보기로 하겠습니다. 그전에 연애를 해 보지 못한 여성들에게 '연애라는 것은 괴로운 것'이라는 사실을 설명하지 않을 수가 없군요. 연애를 실제로 해 보면 결코 달콤한 선율만이 흐르는 것이 아님을 깨닫게 될 것입니다.

이것이 거짓말이라고 생각하신다면 그 같은 경험이 있는 오빠나 언니, 주위 친구들한테 물어보면 이해가 될 것입니다. 그들은 어색한 미소를 얼굴에 띠며 좀 쑥스러워하면서 다음과 같이 대답할 것입니다.

"그야, 두 사람의 관계가 순조롭게 잘 되어 간다면야."

하는, 다소 애매한 대답을 듣게 될 것입니다.

한 사람의 남성을 사랑한다는 것은 상대방을 독점하고 싶은 마음입니다. 그 전부를 소유하고 싶은 강렬한 욕망입니다. 상대방을 진심으로 사랑하면 그의 눈빛 하나도 놓치고 싶지 않은 것이 여자의 집착입니다.

그런데 문제는 여기서부터 시작됩니다. 상대방을 자신처럼 믿지만, 여자의 마음은 항상 막연한 불안에 휩싸여 있습니다.

'저 사람은 진정 나를 사랑하는 것일까. 일시적인 기분이 아닐까. 나에 대해서 환멸을 느끼고 있는 것은 아닐까. 진정 내 생애를 그에게 맡겨도 되는 것일까.'

연애 중에는 막연한 불안의 그림자가 늘 드리워져 있습니다. 낙천적인 성격의 소유자라 해도, 아무리 성실한 사람을 연인으로 선택한 여자라 해도 이 불안감만은 숙명적인 것이라고도 할 수 있습니다.

그뿐만 아니라, 경우에 따라서는 그 같은 불안에 또다른 괴로움이 겹쳐지게 됩니다. 어떤 사람은 질투에 사로잡혀 괴로워하고, 어떤 사람은 그의 변해 가는 마음을 돌려놓으려고 울부짖게 되는 경우도 있을 것입니다. 또 어떤 사람은 부모의 반대에 부딪혀 고민해야 하는 아픔을 겪어야 합니다.

그러므로 아무리 달콤하고 아름다운 연애라고 해도 불안과 고뇌는 그림자처럼 따라 다니게 마련입니다. 어쩌면 사랑의 숙명이라고 할까요. 절대로 거짓말이 아닙니다. 내 말이 거짓이라고 생각되면 가까운 서점에 들려 동서고금의 연애 소설을 사서 읽어 보시기 바랍니다.

〈젊은 베르테르의 슬픔〉이라든가, 〈산골짜기의 백합화〉 등을 읽어 보시기 바랍니다. 어떠한 책에도 장밋빛 연애를 그린 소설은 거의 없을 것입니다.

연애라는 것은 사랑을 꿈꿀 때는 달콤한 과일의 향기와 같으며 미소 짓고 싶을 정도로 정감이 넘치는 세상으로 보일지 모르나 막상, 그 황홀한 환상 속으로 들어가 보면 가끔씩 가슴에 통증이 찾아오고 밤에는 잠도 잘 안 오는 괴로운 시간을 만나게 되는 것은 어찌된 일일까요.

연애는 달콤하고도 짜릿한 아름다움인가. 아니면 고뇌와 불안으로만 채색되어진 그림자인가. 연애의 두 얼굴의 모순점을 오늘 여러분과 이야기해 보고자 합니다. 그러면, 그 관계라는 것은 대체 어떤 것일까요?

어렵게 생각할 필요는 없습니다. 그 이유는 간단합니다. 아주 간단한 것인데도 쉽게 풀 수 없는 수수께끼처럼 우리들이 모르고 있을 뿐이지요. 그러면 대답해 드리겠습니다. 연애에는 고뇌와 불안이 뒤따르게 마련이라고 했습니다. 그런데, 이 고뇌와 불안은 연인들에게 없어서는 안 되는 사랑의 텃밭이라는 것입니다.

극단적인 표현으로 말씀드리면 고뇌와 불안이 있음으로써 사랑은 지속이 될 수도 있고 가슴이 마비되는 것 같은 쾌락으로 하여 존재감을 느끼는 것입니다. 이것이 나의 대답입니다. 알 것도 같고 모를 것도 같은 표정을 하시는 분도 계시겠지요.

그러면, 좀 더 설명을 해보겠습니다.

'당신이 누군가와 연애를 한다. 상대는 신뢰할 수 있는 완벽한 남성이다. 그 애정에는 조금의 의심도 없다. 그와의 결혼은 모두로부터 축복받을 수 있다. 그는 당신을 절대로 배신하는 일이 없다. 그는 당신만을 사랑하고 다른 여성에게는 눈길도 안 준다.'

이처럼 믿음직스런 관계가 또 어디 있겠습니까, 꿈 같은 이야기가 실제로 있다 합시다. 그렇다고 해도 예상하지 못했던 위험이 그 배후에 숨어 있을 줄이야 누가 예측하겠습니까.

그렇다면 무엇일까요. 그것은 인간의 큰 약점인 '익숙해진다'는 점입니다. 어떠한 행복도, 어떠한 기쁨도 인간은 쉽게 익숙해져서 그와 같은 행복이나 기쁨 등이 퇴색해 버리게 되는 것입니다.

두 사람의 연애가 처음에는 아주 평온했을 것입니다. 그런데, 반년이 지나고 1년이 지나는 동안 그에 대해서 아무런 불안도 고뇌도 없는 평온한 상태가 계속되다 보면, 당신은 뭔가 지루함을 느끼게 될 것입니다.

즉, 행복이 무엇인지를 모르게 됩니다. 그것은 당연한 일상의 흐름이기 때문입니다. 그런 관계에 익숙해졌기 때문입니다. 익숙해졌을 뿐만 아니라, 그가 당신을 배신할 기미는 전혀 없고, 당신의 곁에서 항상 만족한 얼굴을 하고 안주해 있는 그의 태도가 왜 그런지 따분하게 보이기 시작합니다.

"그렇지 않을 거예요. 그럼 왜 그렇게 되는가를 설명해 주시겠어요?"

라고 말하는 여성분이 계실지 모르겠습니다. 그것은 인간의 심리를 너무도 모르는 질문입니다.

그렇다면 권태기의 부부를 생각해 보시기 바랍니다. 권태기라는 것은 부부인 남녀에게서 의심이나 불안감이 해소되고 난 뒤부터 마음에 생기는 감정의 흐름에 피어난 안개같은 것입니다.

상대방으로부터 배신당할 걱정도 없어지고 두 사람만의 결합으로 자만심도 생긴 뒤라 더 이상 애쓸 것도 없는 그들은, 마침내 서로가 좀 맥이 빠진 기분에서 따분함을 느끼게 되는 나른함이지요.

이것이 바로 권태기라는 것입니다. 남녀간의 열정이라는 것은 이처럼 매우 불가사의한 모순에 차 있습니다. 충족되면 불안감이 소멸되므로 감정은 퇴색해 메말라갑니다. 이 점을 이제부터 연애를 하게 될 여러분들이 꼭 알고 있어야 할 첫번째 사랑의 원리입니다.

다음은 불안이나 고뇌를 상대방에게서 느끼는 연인이라면 얼마만큼 자기의 열정을 축적하고 있는 것일까요. 상대방을 매일 볼 수 없다는 안타까움이나 쓸쓸함이 연인에 대한 집착을 한층 더, 부채질해 갈 것입니다.

가까운 예로 오래 전의 영화 〈겨울연가〉를 떠올려 보십시오. 두 사람이 그토록 오랫동안 연인의 끈을 지속시킬 수 있었던 것은 사랑의 열정 속에서 불안과 적적함, 질투와 의혹 같은 고뇌의 모습이지요. 그것은 연인에 대한 집착을 보다 강하게 가질 수 있게 하는 요소이기도 합니다.

'어쩌면 그 사람은 나를 배신할지도 몰라.'

그러한 불안이나 의혹을 가진 여성은 지금보다 더욱 연인의 마음을 잡아보려고 할 것이며, 지금보다 더욱 연인에게 집착하는 애증으로 다가갈 것입니다.

그 사람을 앞으로 더 이상 만날 수 없다는 적적함을 느낀 여성이라면, 지금보다 더욱 연인을 가까이 하고 싶은 마음일 것입니다. 지금보다 더욱 연인이 매력 있게 그리워할 것입니다.

이 같은 연애 심리를 여러분은 상상할 수 있을 것입니다. 이런 생각을 가지고 다음과 같은 결론을 내릴 수 있을 것 같습니다.

'연애가 손짓하는 불안과 고뇌는, 그 불길을 더 세차게 타오르게 할 수 있는 기름의 역할을 해 준다.'

결국, 연애가 시들해지지 않게 하기 위해서는 고뇌와 불안의 날들이 보다 많이 필요하며, 사랑의 지속은 그 같은 요소들에 의존함으로써 지탱되어 가는 과정이라고 말입니다.

한편 그 사랑의 짜릿한 기쁨도 불안과 의혹, 질투 등의 고뇌가 내재해 있음으로써 상처받는 것입니다.

그 단적인 표현으로, '안정은 연애를 죽이고, 불안은 연애를 살린다.'라고도 말할 수 있을 것입니다. 연애의 기쁨이나 고뇌는 서로 상반된 모순 같지만, 바늘과 실의 관계와 같은 동병상련 同病相憐입니다.

이 원리를 설명하자면 너무도 간단한 사랑의 연출인데도 많은 연인들이 그것을 깨닫지 못하고 있다는 사실입니다.

그러므로 여러분이 이 원리를 깨닫게 되면 그 같은 괴로움은 사랑의 열매를 단단하게 맺어주는 한 줄기 바람과 같은 것이라고 하면 이해하시겠습니까.

7 / 사랑의 고뇌

　아직 여러분들은 너무도 젊기 때문에 진정으로 이성을 사랑한 경험이 많지 않을 것입니다. 사랑의 세계는 비밀한 장밋빛 감미로운 베일에 감싸여진 것으로만 보이겠지요.

　사랑이라는 무지개 숲속에 괴로움과 슬픔이 자라고 있다 해도 그 아픔조차도 아름답다는 몽상 때문에 연애에 집착하는 것이 아닐까요. 실제로 영화나 텔레비전 드라마 속에서는 사랑의 고뇌를 아름답게 승화시켜 연출하고 있습니다.

　그러나 실제로 연애를 하고 있는 분은 사랑이라는 것은 생각 이상으로 고통스럽고 괴로울 뿐만 아니라, 때로는 몸부림치고 싶을 만큼 아픔을 감당해야 합니다. 더 나아가서는 그 고통으로 하여 자신의 추악함이나 나약함을 연인 앞에 드러낼 때도 있음을 알게 될 것입니다.

'정말 그렇게 되는 걸까?'

그 같은 의문을 갖는 분에게 질문을 드려보겠습니다. 지금까지 친구나 형제들에게 질투를 느껴 본 적이 있습니까? 그 사람의 재능이나 아름다움 때문에 당신의 자존심이 상처 받는 그 추한 감정 말입니다. 뿐만 아니라 그 같은 추한 감정에 사로잡혔을 때 자기 자신이 얼마나 싫은 존재인가 하는 자책감 말입니다. 그 같은 질투심 때문에 괴로워해 본 나날이 있었을 것입니다.

인생의 길도 마찬가지겠지만, 이렇듯 연애의 경우에도 여러 가지 장애나 가시밭이 없다고 누가 단정할 수 있겠습니까.

질투라는 함정에 빠져들지 않는다고 해도 연인의 마음의 변화, 그 사람의 애정에 대한 의혹, 만날 수 없는 동안의 불안, 불신 등등 여러 가지 일로 하여 마음의 갈등이 사랑하는 동안 따라다니게 마련이라는 것을 이미 말씀드린 바 있습니다.

그럴 때 당신은 깊은 한숨을 토해 내며, 다음과 같이 탄식할 것입니다.

'아, 사랑이라는 것이 이토록 고통스런 것인 줄은 미처 몰랐어.'

그렇다면 고뇌와의 관계는 어떤 것일까요. 그것에 대해서 이야기해 보기로 하겠습니다.

나의 젊은 시절, 그러니까 대학생 때였습니다. 한 미모의 부인을 알고 있었습니다. 우리 친구들 간에는 "저 부인을 함락시킬 수 있다면 얼마나 행운아일까" 하고 모여 앉으면 그 얘기로 꽃피었습니다. 그러나 정숙한 그녀를 함락시킬 수 있는 자신을 가진 사람은 한 사람도 없었고, 자진해서 그 일을 감행하겠다고 나서는 용감한 친구도 없었습니다.

그런데, 어느 날 우리들의 친구인 M군이

"내가 한번 해 보지."

라고, 대담한 선언을 하게 되었습니다.

그 당시 M군은 그 당시 우리들의 모임에 갓 들어왔으므로 눈에 띄는 존재도 아니었습니다. M군이 어떻게 그 부인을 함락시킬 것인가. 기기에 대해서는 〈유혹론〉에서 자세히 다루기로 하고 여기서는 생략하겠습니다.

어쨌든 모두가 깜짝 놀란 것은 그 젊은 미모의 부인의 마음을 M군이 사로잡았다는 사실이었습니다. 부인은 남편이 있는 몸이었으므로 그와의 사랑에 매우 괴로워했다는군요.

그도 그럴 것이 그녀는 정숙한 한 가정의 여인이었고, 세상에서 흔히 말하는 '불장난' 같은 것 하고는 너무나 거리가 먼 여성이었습니다. 그런 그녀였기에 M군과의 연애는 처음부터 고통스런 비극적 요소가 깃들어 있었던 것은 당연한 사실입니다.

그녀는 '자기는 남편을 배신했다'라는 죄의식과 M군을 배척하려고 해도 뜻대로 이루어지지 않는 M으로부터 언젠가는 버림받게 될 것이라는 불안…… 그같은 것들이 부인의 마음을 쉴새없이 동요케 하고 고민하게 했던 것입니다.

어느 날 저녁, 나는 그 부인을 방문하게 되었습니다. 그녀의 집은 아주 훌륭한 저택이었습니다. 그 화려한 응접실의 유리창에 비치는 저녁 노을이 그녀를 더욱 초췌하게 만들고 있었습니다.

"사람을 사랑한다는 것이 이렇게 고통스런 것인 줄은 몰랐어요."

라고, 그 부인은 나에게 말했습니다.

"학생, M이 진정 나를 사랑하고 있는 것일까요? 말 좀 해 줘요. 난 요새 잠도 잘 못 자요. 괴로워요. 두 번 다시 이런 연애는 하고 싶지도 않아요."

"그럼 그만 두면 될 게 아니겠어요."

나는 비꼬는 투로, 그렇다고 충고라고 할 수도 없는 애매한 말을 할 수밖에 없었습니다.

그런 일이 있은 후 10년이란 세월이 지났습니다.

어느 날 나는 거리에서 우연히 그 부인을 만났습니다. 참으로 오래간만이었습니다.

그녀는 이미 중년 여성이 되어 있었습니다. 어정쩡한 인사를 나눈 후 우리는 찻집으로 들어가서 옛날 이야기를 나누었습니다. 화제는 자연스럽게 M군에 대해서였습니다. 그녀는 다소 부끄러운 듯 가늘게 미소를 지으면서,

"나, 그때 바보였어요. 아무것도 몰랐죠. 난 매일 밤, 내가 왜 M에게 그렇게까지 집착해야 하나 자문할 뿐이었어요. 그가 멋있는 남성도 아닌데 내가 왜 이러지 하고 말예요. 그때는 알수가 없었지만, 지금은 그 이유를 분명히 알게 되었어요."

"그 이유란?"

나는 황급히 물었습니다.

"난 M, 그 사람에게 집착하고 있었던 게 아니었어요. M은 나에게 불안감을 준 거였어요. 그래서 난 M을 놓치지 않으려고 안간힘을 다했던 거죠. 그래서였어요."

부인은 분명하게 말했습니다. 이제 여러분도 이해하셨습니까? 그때 나는 부인의 이야기를 매우 흥미있게 들었습니다. 다만, 여기서 그녀의 말을 좀 더 구체적으로 되새겨 볼까요.

이 문제는 연애의 열정은 어느 때 가장 강렬하게 타오르는가 하는데 그 해답이 될 수 있습니다. 이상하게도 사랑의 열정은 행복한 때보다는 괴로울 때 오히려 강하다는 것을 이해하셨을 것입니다. 그를 만나지 못해 괴로울 때 당신은 홀로 그 사람만을 생각하고 있을 것입니다. 또는 그의 행동이나 대화 중에 어딘지 모르게 애정의 냉랭함을 느끼게 되었을 때, 당신은 오히려 그에게 집착하게 될 것입니다.

그가 다른 여성에게 마음이 옮겨 갈 때 필사적으로 그를 찾게 되는 것입니다. 이것은 이상한 일이 아닙니까. 이상한 일이기는 하지만 사실이니 어찌 하겠습니까.

앞에서도 언급했지만, 당신이 전에는 애착조차 느끼지 않았던 소지품 중의 하나를 잃게 되었을 때, 갑자기 그 물건에 더 많이 집착하게 되는 심리를 떠올려 보십시오. 사랑의 경우도 마찬가집니다.

어떤 작가가 이런 글을 썼더군요.

'남자라는 존재는 정력과 돈을 분별없이 쓰게 하고 마음까지도 괴롭게 하는 여자에게 더 애착을 느낀다.'

이 말은 여성인 경우도 마찬가지일 것입니다. 상대의 마음이 식어 만나려 해도 만나 주지 않을 때, 그가 더욱 그리워지고 보고 싶겠지요.

지금 사랑의 고통을 겪고 있는 분이 계시면, 다음의 내용을 참고해 보시기 바랍니다.

당신이 지금 그토록 괴로워하면서도 그에게 더 집착하게 되는 것은 애인에 대한 애정이 두터워져 가기 때문이 아니라 불만의 감정이 당신을 보다 긴장하게 만들기 때문입니다.

만일 그러한 고뇌가 없어지고 그가 당신을 배신하지 않게 되고, 당신을 만족하게 하면 지금처럼 집착이나 광적으로 그리워하는 마음은 사라지고, 그에 비례하여 긴장이 풀리며, 오히려 적적함이나 권태감이 밀려오는 것이 아닌가, 그런 경우를 한번쯤 생각해 보십시오.

열정과 사랑이 다르다는 것도 여러 번 거듭해서 말해 왔습니다. 열정은 상대방에 대한 불신과 불안에서 싹트는 것이지만, 진정한 사랑은 서로 간의 신뢰, 불안에서 해방된 두 남녀가 서로 협조하는 데서 창조되는 것입니다.

8 / 사랑의 방정식

사랑의 괴로움

다음의 사실을 때때로 머리 속에서 떠올려 보면 사랑의 아픔을 처방할 수 있습니다. 그러면, 지금까지의 얘기를 정리해 보기로 하겠습니다.

사랑의 불길은 연애로 하여 받는 고통에서 더 거세게 타오른 다는 사실을 아셨을 것입니다.

가령, 그를 매일 만날 수 없다는 안타까움, 상대방의 애정을 확인할 수 없는 불안, 어떻게 하든 그의 마음을 잡아보려는 안간힘, 질투의 괴로움…… 그러한 사랑에 뒤따르는 여러 가지 고뇌를 이미 체험했거나, 지금 경험하고 계실 것입니다.

이 불안이나 괴로움이야말로 당신의 열정을 더욱 타오르게 하는 중요한 요소이며 기름입니다. 하지만 그를 매일 만날 수 있다면 어떨까요. 그의 애정에 대해서 의심할 여지도 없고 질투도 안 생기는 평범한 연애라면 어떻겠습니까.

역설적인 이야기이지만, 이런 연애라면 처음에는 즐거울 수 있겠지만, 점점 두 사람의 관계가 익숙해지면서 식상하게 되는 것 아니겠습니까.

연애를 할 때는 상대방의 모든 것을 알 수 없기 때문에 불안해 하고 상대가 그리워지기도 하는 것입니다. 상대의 내부에 있는 미지의 것, 의심스런 것이 내재해 있음으로써 그가 더 흥미롭고 신선하게 보이는 것입니다.

10년 이상 부부 생활을 한 남녀에게 권태기가 오는 것은 그들이 서로 상대방을 너무도 잘 알게 되어 의심도 미지의 기쁨도 질투도 생기지 않는 안정감이 가져다주는 것이라고 이미 설명한 바 있습니다.

그러므로 '연애란 이렇게도 고통스런 것인가?'라고 탄식하게 될 때는 다음의 연애 공식을 떠올려 보시기 바랍니다.

'이 고통이 우리들의 사랑을 더 불붙게 할 거야.'

그러면, 그 괴롭던 마음이 조금은 위안이 될 것입니다. 뿐만 아니라 고통을 이겨내는 지혜까지도 가져다 줄 것입니다.

괴로움의 실체

질투의 고뇌는 그것을 체험하지 못한 분은 상상도 할 수 없는 견디기 어려운 아픔을 가져다줍니다. 그것을 괴로워하지 말라고 하는 것은 대단히 무리한 주문이라는 것도 인정합니다.

그러나 당신이 현명한 여성이라면 질투 때문에 고통만 당할 게 아니라, 질투 그 자체가 무엇인가를 알아야 하지 않을까요.

질투심은 상대방을 의심하는 데서 더욱 강하게 일어나는 심리 현상입니다. 질투를 하게 되면 상대방의 일거일동이 그 대상의 원인이 됩니다.

나의 친구 중에 한 사람은 아내의 투기심 때문에 매우 큰 고통을 받은 적이 있었습니다.

앞에서도 그와 비슷한 얘기를 했습니다만 빨간 넥타이를 매기만 해도 그 친구의 아내는, "어떤 여자한테 잘 보이려고 멋을 내는 거예요?"라면서 화를 내는 것이었습니다. 급한 일로 어디를 가려고 서두르면, 그 부인은 의심에 찬 시선으로, "당신 어떤 여자를 만나러 가는 것 아니예요?" 하며, 그녀는 스스로 그 광경을 상상해 보면서 질투심을 불러일으키는 것이었습니다.

이토록 의심이 많은 여성을 아내로 맞은 남자는 참으로 불행한 사람입니다.

앞에서 한 이야기는 극단적인 예인지는 모르나, 대체로 정도의 차이는 있을지 몰라도 거의 비슷합니다. 우리들이 질투심에 사로잡히게 되면 그 같은 부당한 망상과 상상력으로써 괴로워하지 않아도 될 문제를 스스로 만들어서 고통을 겪게 되는 것입니다.

질투심은 상대방을 의심하는 데서 더욱 불을 짚히게 됩니다. 이 같은 질투에 대해서 그 사실을 미리 알아 두면 연애를 하는 동안 쓸데없는 마음 고생은 하지 않아도 될 것입니다. 이것은 '연애가 가져다 주는 괴로움의 실체를 알라.'고 하는 간절한 충고입니다.

물론 연애가 가져다주는 괴로움의 실체를 미리 알고 있다고 하여도 그 고통으로부터 벗어날 수는 없을 것입니다. 자기가 앓고 있는 병의 실체를 먼저 파악해야 할 것입니다. 이렇듯 연애를 할 바에는 사랑의 본질을 분석해 보고 그 속으로 뛰어드는 게 현명한 방법이 아닐까요.

앞에서 예를 든 질투의 경우, 연인의 일거일동에 대해서 쓸데없는 걱정을 만들어 가지고 고통스러워하고 있지나 않은지 스스로 반성해 보는 것도 지혜로운 방법 중 하나가 될 것입니다. 그 같은 무의미한 질투로 스스로 고통스러워하는 자기 자신을 더 이상 추하게 만들지 않기 위해서라도 중요한 몸가짐이라고 생각됩니다.

이유없이 맹목적으로 공격만 하는 히스테리 여성이 되지 말고 냉정함과 현명함으로 지혜롭게 대처하는 정숙한 모습을 보일 때 사랑을 꽃피울 수 있습니다.

실연의 아픔을 치유하는 법

시간의 흐름, 이것은 실연의 아픔을 치유하는 데 가장 효과적인 방법입니다.

젊은 남녀가 연애에 실패했을 때 그동안 쏟은 열정의 후유증으로 하여 아픔의 시간을 보내야 합니다.

당신이 아무리 상대방을 사랑했다 해도 그로부터 절교 선언과 함께 배신당하는 고통은 막을 수 없는 운명적인 것입니다.

　물론 연애를 성공으로 이끄는 것이 가장 바람직한 일이지만, 그것은 어느 한쪽의 믿음이나 정성, 그리고 노력만 가지고 이루어지는 것은 아닙니다. 실연을 당하거나 사랑의 종말이라는 최악의 사태가 예고없이 찾아왔다면 어떻게 감당하시겠습니까.

　그런 경우, 여러 가지 구체적인 예를 들어 위안의 이야기를 나눌 수도 있지만, 내가 여러분께 권하고 싶은 말은 '시간의 흐름'에 맡기라는 것입니다.

　이것은 매우 일반적인 말이지만, 막상 실연 당한 당사자에게는 받아들이기 힘든 상처이며, 때문에 자기를 학대하는 자학에 빠져 몸부림치기도 합니다. 실연의 고통을 이기지 못하여 신경쇠약에 걸리는가 하면 심지어는 자살까지 하는 여성도 있습니다.

　물론 이성을 되찾은 후에는 그런 것이 바보스럽게 여겨지겠지만, 당장은 실연의 충격에서 그런 마음의 여유를 가질 수 없는 것이 실연의 숙명이지요. 이렇듯 실연의 뒷자리는 모든 희망과 기쁨은 사라지고 생활의 질서, 인간에 대한 신뢰까지도 모래성처럼 허물어지고마는 허허로움에 괴로워할 것입니다.

　하지만, 그러한 불행에 직면했을 때 마음속으로 '시간의 흐름에 맡기자'라고 자신에게 말해 보십시오.

　시간의 흐름이란 불가사의한 것, 저 유명한 챠프린이 출연하고 있는 영화의 주제곡 가운데 '내일이란 날이 있다.'라는 노래가 있습니다. 이 당연한 가사가 실연이나 연애의 파국에 직면했을 때 가장 확실히 우리들을 도와줄 수 있는 대답이라 할 수 있을 것입니다.

그러니 두서너 달 정도만 지내보십시오. 지금은 암담하기만 한 마음에 차츰 밝은 빛이 스며들기 시작하고 또다시 시간이 흐르면 점차 새로운 생활을 해 보고자 하는 용기가 싹트기 시작할 것입니다. 너무도 상식적인 치유 방법이기는 하지만, 가장 현명하고도 확실한 사랑의 기술이라고 할 수 있습니다.

사랑의 기술

앞에서도 말했지만, 연애를 하는 사람들이 혼동하기 쉬운 것이 '열정'과 '사랑'입니다. 다시 정리하는 뜻에서 말씀드립니다만, 열정은 사랑이 아닙니다. 연애는 사랑으로부터 시작되는 것이 아니라 열정에서 피어나는 것입니다.

열정이 무엇인지는 알고 계실 것입니다. 그것은 상대방의 마음을 완전히 사로잡을 수 없는 안타까움, 또는 상대의 모든 것을 소유하지 못한 데서 생기는 괴로움이라고 말할 수 있습니다. 바꾸어 말하면 불안이나 고뇌는 우리들의 열정을 한층 더 타오르게 하는 불길입니다. 그러나 사랑은 그 같은 불안이나 고뇌에서 해방되어 조금씩 만들어지는 진주와 같은 것입니다. 이렇듯 연애는 찬란한 불길입니다.

연애는 누구나 다 경험할 수 있는 운명적인 관계입니다. 그러나 사랑은 누구라도 다 허락되지 않는 '비밀의 문'이기도 합니다. 이런 사실은 연애를 하고 있는 사람들이라면 한번쯤 생각해야 할 문제이겠지요. 다시 말하면 열정은 A양, B양도 향유할 수 있는 본능적인 감정입니다.

한편 정년기에 이르러 좋은 남성이 나타났을 때, 그에게 연애의 열정을 갖게 되는 것은 당연한 일이며, 가장 보편적인 연애의 시작입니다.

거기에는 노력도 인내도 필요 없습니다. 남자가 여자에게 반하고 여자가 남자에게 열중하면 되는 것이니만큼, 비록 짐승이라도 그런 행위는 본능적인 것입니다.

그렇지만, 인간의 사랑은 다릅니다. 누구나가 다 할 수 있는 열정과는 다릅니다. 왜냐하면 본능적인 열정은 이미 지나고 난 뒤이니까요,

열정을 꽃피운 마음에 그림자 같은 불안이나 고뇌가 남긴 그 자리에 자리잡는 것은 신뢰입니다. 그날이 그날일 수밖에 없는 평범한 결혼생활은 화려하거나 즐겁기 만한 것은 아닙니다. 때로는 피곤하고 권태로우며 불만스럽기까지 합니다.

그 화려한 열정이 사라지고 나면 무미건조한 공동생활이 그들을 맞이합니다. 두 남녀가 그 건조한 생활에서 인생의 고통스러움을 함께 할 때 비로소 사랑은 꽃을 피우게 되는 것입니다.

사랑은 본능적으로 만들어지는 것이 아니라 창조해 가는 과정입니다. 이러한 신비로움을 모르고 치열한 열정만을 갈망하게 된다면, 그것처럼 위험한 비극은 없습니다. 그러므로 사랑과 열정의 차이를 이해하는 것이 사랑의 기술이라고 정의하고 싶습니다.

9
그리워하는 것과 사랑하는 것

내가 지금까지 얘기하고 싶었던 것은 '열정'과 '사랑'과의 차이점에 대해서였습니다. 많은 연인들이 다양한 종류의 연애론을 읽고나서 열정과 사랑의 차이를 잘못 생각하지 않게 하기 위해서 '그리워하는 것'과 '사랑하는 것'의 명확한 구별에 대해 지적하고 싶은 바램이 있습니다.

그리워하는 마음, 즉 이성에 대해서 열정을 갖는 것, 그것은 '사랑한다'는 것과는 전혀 다릅니다. 왜냐하면 그리워하는 것은 그 기회가 주어지면 누구나 할 수 있기 때문입니다. 멋있는 남자가 나타나면 누구나 다 그리워할 수 있듯이 A양도 B양도 각기 적당한 연애 상대를 만나게 되는 행운만 가진다면 그리워할 수가 있는 것입니다.

젊은 여성이라면 언제나 연인이 나타나 주기를 기다리고 있을 것입니다. 당신을 사랑해 주고, 당신을 행복하게 해줄 수 있는 남성이 나타나 주기를 고대하는 것은 아름다운 삶의 향기와 같은 것입니다. 그런 기회가 마침내 왔을 때, 당신은 연애를 할 수가 있을 것입니다.

그리워하는 것은 별로 큰 노력이나 인내, 깊은 의지같은 것을 필요로 하지 않습니다. 상대를 호감을 가지고 생각하게 되고, 신뢰할 수 있는 사람이라고 생각하게 되고, 그래서 마음이 끌리게 되고, 상대방의 열정을 느끼게 되면 당신은 망설임 없이 그 남성을 받아들일 수가 있게 되는 것은 인간의 본능적인 즐거움이기 때문입니다.

연인과 만난 그날 밤, 당신은 창문을 열고 밤의 열기 속에서 대지의 달콤한 향기를 기쁨속에서 맡게 될 것입니다. 그런 때 당신은 자신에게 말하겠지요.

'나는 그를 사랑하고 있어……'

그렇지만, 잠깐만 기다려 주시기 바랍니다. 당신은 아직 그를 '사랑하고 있어!'가 아닙니다.

지금은 '그리워하는 것'에 불과합니다. 다른 여성과 마찬가지로 한 남성의 열정을 느꼈을 뿐입니다. 가슴속으로 그와 당신 사이에 있었던 오늘까지의 일을 기억을 통해 잠시 떠올려 보시기 바랍니다.

당신은 그와 어느 저녁 무렵 인적이 드문 언덕길을 둘이서 천천히 걸어 올라가 본 적도 있을 것입니다. 눈이 내리는 밤거리를 서로의 포켓에 손을 넣어 녹이면서 거닌 추억도 있을 것입니다. 그런가 하면 그가 앓고 있을 때, 아침부터 밤까지 병상 곁에서 간호해 준 적도 있었겠지요.

그가 자기의 능력에 한계를 느끼고 좌절하고 있을 때 그를 위로해 주고 격려도 했을 것입니다. 또는 아무것도 아닌 일로 오해하거나 질투 때문에 밤잠을 설친 괴로운 밤을 지새운 후, 다시 만났을 때는 보다 행복한 기분에 젖었던 경험도 있었을 것입니다.

그렇지만, 그런 것들은 그리움에서 오는 경험이었고 사랑의 경험은 아니었을 것입니다. 사랑의 형태를 닮기는 했으나 그것은 연애일 뿐, 사랑은 결코 아님을 분명히 밝혀 둡니다.

왜냐하면, 그러한 경험은 다소의 차이는 있으나, 당신뿐만 아니라 연애를 해본 다른 여성들도 간직하고 있는 사랑의 줄거리입니다.

평범한 내용의 연애 소설이라해도 연인과 저녁 무렵 언덕길을 거닐고 질투 때문에 밤잠을 설쳤다는 장면을 묘사합니다. 그렇다고 그 같은 소설의 내용이 쓸데없는 표현이 라고는 말할 수 없습니다.

물론 당신에게는 소중한 추억의 그림자로 남아있을 것입니다. 그러나 그런 것은 누구나 경험한 것이니만큼 사랑의 가치를 두지 말라는 충고입니다.

스탕달의 〈연애론〉을 읽어보면 연애를 하는 여성의 심리 과정이 마치 슬로우 비디오를 통해 운동선수의 손발의 움직임을 보여주듯이 너무도 분명하게 도식화되어 있습니다.

여러분 가운데 이미 읽은 분도 계시겠지만, 17세기의 프랑스 소설 중에 〈크레브의 마님〉이라는 작품이 있습니다. 이 소설에 등장하는 크레브 마님의 연애 심리를 20세기 작품 라디게의 〈돌주에 백작 무도회〉의 주인공인 백작 부인의 연애 심리와 비교해 보면 시대의 차이는 있지만 여성이 남자를 사랑하기까지의 연애 심리나 움직임은 거의 비슷합니다.

첫 인상, 호감, 다시 만나고 싶어하는 마음, 가벼운 질투, 상대에 대한 사소한 일들로 마음을 억제하지 못하고 자기의 연심을 부정하려 하지만, 그와 같은 과정은 어느 시대이든 변함없는 사랑의 모습입니다.

이처럼 사랑하는 것은 그리워하는 것처럼 용이한 일이 아닙니다. '사랑하는 것'에는 그리워하는 것 같이 치열하고 찬란한 불길이나 화려한 빛깔이 없습니다. 그 대신 오래도록 불길이 꺼지지 않도록 지키기 위한 인내와 의지가 필요한 것입니다.

우리 인간은 생각보다 강하지 못합니다. 그러므로 연인들의 열정도 당신이 생각하고 있는 것만큼 강하지 못합니다. 물론 열정이 치열하게 불타오르기는 할 터이지만, 언젠가는 그 불길도 사그라질 날도 올 것입니다. 열정이 갖고 있는 모순이나, 그 위태함을 거듭해서 강조하는 이유가 거기에 있다는 것을 염두에 두시기 바랍니다.

당신이 지금 연애를 하고 있다면 그와 언제까지나 사이좋게 지낼 수 있다고 확신에 차 있을 것입니다. 두 사람의 인생에 불행이나 슬픔, 고통 같은 불행의 그림자는 생각조차 하기 싫으실 것입니다. 설사 그러한 불행이나 슬픔이 닥쳐온다 해도 그와 함께라면 얼마든지 이겨 낼 수 있으리라는 믿음을 갖고 있을 것입니다.

그에게서 환멸을 느끼거나 믿을 수 없는 아픔이 오리라고는 상상조차 못할 것입니다. 또한 그 역시도 당신에게 환멸을 느낀다는 것은 생각조차 하지 않겠지요. 지금은 그의 강한 의지와 자신의 믿음을 확신하기 때문일 것입니다. 그렇지만, 우리 인간은 그처럼 강하지 못하므로 연인들도 언제까지 그렇게 강할 수는 없을 것입니다.

연애를 하게 되면 상대방이 보다 완벽하고 절대적인 애정을 쏟아 주기를 원하지만, 그와 같은 열망을 충족시켜 주지는 못하는 것이 사랑의 생리입니다.

현실의 불행이나 슬픔은, 당신과 그 사람만을 비켜 가지는 않습니다. 당신의 꿈을 깨뜨리는 것 같아 미안하지만, 두 사람이 그토록 자신있게 생각했던 것들이 산산이 부서지는 시간이 반드시 올 것이라는 예감을 전해 드리고 싶습니다.

평생 동안, 그와 같은 신뢰나 열정을 한번도 상실하지 않고 살아간 연인이나 부부는 이 지상에서 한 사람도 없었음을 이해하여 주시기 바랍니다. 연인이나 부부라 할지라도 정도의 차이는 있지만, 인생의 쓰라림, 피로, 권태 등이 반드시 찾아들게 마련입니다.

당신과 그의 경우도 예외는 아닙니다. 언젠가는 당신들도 인생의 황혼기를 맞아 비틀거리면서 그의 곁에서 고독이라는 이름의 병을 앓게 되는 날이 올 것입니다. 그가 아무리 훌륭한 인간이라 해도 어딘지 모르게 충족되지 않는 불만 때문에 당신은 괴롭힘을 당하는 것입니다.

왜냐하면, 당신과 그와의 결합이 겉으로 보기에는 안정된 것 같으나 삶의 누적된 시간 속으로 피로나 권태가 찾아오게 마련입니다. 무엇보다도 생활의 어려움이나 정신인 고뇌가 쌓이게 되면 두 사람 사이에는 거리감이 서서히 만들어집니다.

인생은 드라마처럼 달콤하거나 부드러운 것이 아니므로 삶 그 자체가 무미건조하게 느껴질 뿐입니다. 그런 때 '그리워하는 것'은 자취도 없이 사라지고, 모든 것은 시들어 버린 꽃처럼 말라 비틀어지고 땅에 떨어져 버린 것 같은 섭섭함이 엄습해 올 것입니다. 열정이 식은 두 사람은 그저 피곤하고 매사가 힘들 뿐입니다.

이런 때 '그리워하는 것'보다는 '사랑하는 것을' 다시 시작해야 합니다. 사랑은 강한 의지와 인내로써 가능합니다. 때문에 그것은 '그리워하는 것'처럼 쉬운 일은 아닙니다. 사랑하는 것은 당신의 굳은 결심을 필요로 합니다.

사랑은 오래된 병을 인내와 노력으로써 끝까지 이겨내는 요양생활과도 같은 것입니다. 건강은 내 스스로가 지켜야 하는 숙명적인 것입니다. 사랑과 행복도 내 스스로가 지켜 가야 하는 인생의 의무입니다.

그것은 '그와 내가' 만들기 전에는 결코 얻을 수가 없는 사랑의 열매입니다. 요즈음은 인내와 노력을 통하여 이루어지는 사랑을 경멸하는 풍파조차 만연하고 있습니다. 그렇지만, 그 같은 풍조는 한 사람의 인간이 다른 한 인간을 그리워하며 사랑해 가는 존귀함, 그 엄숙함을 포기하는 일입니다. 인생이나 연애도 오로지 당신 자신의 힘으로 가꾸어 갈 때 알차게 됩니다.

'그리워하는 것', 그것을 당신은 경험하고, 언젠가는 '사랑하는 것'의 긴 여정이 시작될 것입니다. 그 종착역을 향해서 자신의 연애를 소중하고 훌륭하게 가꾸어 가시기 바랍니다.

모래 시장을 뒤돌아봤을 때, 당신과 그의 발자취가 언제까지라도 남아 있도록 인생을 같이 한 사랑의 흔적을 남겨 두시길 이 책의 마지막으로 장식하고 싶습니다.

저녁 노을이 바다 밑으로 가라앉을 때 파도가 밀려오고, 오렌지 빛깔의 파도가, 당신들이 걸어간 사랑의 발자국이 너무도 아름다워 차마 지울 수 없어서 비켜가도록 또렷이 깊게 남기며 살아가시기 바랍니다.

사랑의 방정식

초판 인쇄 2020년 1월 5일
초판 발행 2020년 1월 10일

이강래 편저
홍철부 펴냄

펴낸곳 문지사
등록 제25100-2002-000038호
주소 서울특별시 은평구 갈현로 312
전화 02)386~8451/2
팩스 02)386~8453

ISBN 978-89-8308-550-4 (03810)

값 14,500원